黃春明作品集

08

黃春明作品集8

聯合文叢
450

大便老師

◉黃春明／著

目次

黃春明作品集

目次

目次

臺灣草葉集

目次

黃春明作品集

總序

聽者有意

黃春明

為自己的小說集寫一篇序文，本來就是一件不怎麼困難的事，也是禮所當然。然而，對我而言，曾經很認真地寫過一些小說，後來寫寫停停，有一段時間，一停就是十多年。現在又要為我的舊小說集，換了出版社另寫一篇序文，這好像已經失去新產品可以打廣告的條件了，寫什麼好呢？

在各種不同的場合，經常有一些看來很陌生，但又很親切的人，一遇見我的時候，親和地沒幾分把握地問：「你是……？」我不好意思地笑笑，他也笑著接著說：「我是看你的小說長大的。」我不知道他們以前有沒有認錯人過，我遇到的人，都是那麼笑容可掬的，有些還找我拍一張照片。我已經七十有五的老人了，看他們稍年輕一些的人，想想自己，如果他們當時看的是〈鑼〉、〈看海的日子〉、〈溺死一隻老貓〉，或是〈莎喲娜啦．再見〉、〈蘋果的滋味〉等等之類，被人歸類為鄉土小說的那一些的話，那已是三、四十年前了，算一算也差不多，我真的是老了。但是又有些不服氣，我還一直在工作，只是在做一些和小說不一樣的工作罷了。這突然讓我想起么兒國峻，他念初中的時候，有一天我不知為什麼事嘆氣，說自己老了。他聽了之後跟我開玩笑地問我說：「老吾老以及人之老」這一句話用閩南語怎麼講。我想了一下，用很標準的閩南讀音唸了一遍。他說不對，他用閩話的語音說了他的意思，他說：「老是老還有人比我更老。」他叫我不要嘆老。現在想起來，這樣的玩笑話，還可以拿來自我安慰一下。可是，我偏偏被罩在「說者無心，聽者有意」這句俗諺的魔咒裡。

當讀者純粹地為了他的支持和鼓勵說：「我是讀你的小說長大的」這句話，因為接受的是我，別人不會知道我的感受。高興那是一定的，但是那種感覺是錐入心裡而變化，特別是在我停筆不寫小說已久的現在，聽到這樣的善意招呼，我除了難堪還是難堪。這在死愛面子的我，就像怕打針的人，針筒還在護士手裡懸在半空，他就哀叫。那樣的話，就變成我的自問；怎麼不寫小說了？江郎才盡？這我不承認，我確實還有上打以上的題材的好小說可以寫。在四十年前就預告過一長篇《龍眼的季節》。每一年朋友，或是家人，當他們吃起龍眼的時候就糗我，更可惡的是國峻，有一次他告訴我，說我的「龍眼的季節」這個題目應該改一改。問他怎麼改。他說改為「等待龍眼的季節」。你說可惡不可惡。另外還有一篇長篇，題目「夕陽卡在那山頭」，這一篇也寫四、五十張稿紙，結果擱在書架上的檔案夾，也有十多年了，國峻又笑我亂取題目。「看！

卡住了吧。」要不是他人已經走了，真想打他幾下屁股。

我被譽為老頑童是有原因的，我除喜歡小說，也愛畫圖，還有音樂，這一、二十年來愛死了戲劇，特別把兒童劇的工作，當作使命在搞。為什麼不？我們目前臺灣的兒童素養教材與活動在哪裡？有的話質在哪裡？小孩子的歌曲、戲劇、電影、讀物在哪裡？還有，有的話，有幾個小孩子的家庭付得起欣賞的費用？我一直認為臺灣的未來就在目前的小孩子，因為看不出目前的環境，真正對小孩子成長關心，所以令我焦慮，我雖然只有棉薄之力，也只好全力以赴。這些年來，我在戲劇上，包括改良的歌仔戲和話劇，所留下來的文字，不下五、六十萬字。因而就將小說擱在一旁了。

這次一起出八本集子，舊有的四本小說集和一本散文集子，新出的另外三本是這幾年來，忙中抽空寫的零星幾篇小說，還有以前沒收錄的小說，加上一些散文，其中寫作時間較密集的方塊專欄；它們是《九彎十八拐》、《沒有時刻的月臺》和《大便老師》。

非常感謝那一些看我小說長大的朋友，謝謝聯合文學的同仁，沒有他們逼我，我要出書恐怕遙遙無期。我已被逼回來面對小說創作了。

我遇見我了

為了要說明這一張照片（見右頁），在我當時的意義，恐怕得繞個大圈圈，說一大堆廢話。有興趣的話請忍耐一下。

我是一個不大會說「不」的人，因而有一度我迷失。事情是這樣：我是蘭陽戲劇團的藝術總監，一年有三齣戲需要編導，同時又是宜蘭復興國中少年劇團年度演出的編導，平時還有自己的工作室，和黃大魚兒童劇團的工作，這還不算，前年，我還在花蓮東華大學、花蓮師院和臺東師院兼課。每星期一、二在宜蘭，三、四在花蓮，五、六在臺東，星期天才在臺北家裡。交通的部分，宜蘭、花蓮、臺東都是自己開車往返，只有臺北宜蘭是搭火車。單單想起交通的情形，就令人覺得我在公路上之外，哪裡還有時間排戲和上課？沒錯，我戲照排，課也照上，除了颱風例假外，沒請過假。

那一陣子，我就這樣地忙得團團轉。有時轉昏頭了，早上醒來，還搞不清楚我到底是睡在哪裡？每次都得想一下。如果我看到左手邊有落地窗，我就知道我是在臺東。要是天花板很高，那就是在花蓮。右手邊有衣櫥的話，那是宜蘭。要是身邊有一個女人，那就是我已在家了。知道在家的時候，雖然是醒過來了，我也不想起床；床一賴就是過午，吃飽飯再睡。太太笑我，說我出外一條龍，回家一條蟲。我警告她說，這話有弦外之音，不要亂套諺語。家就是有這麼一點好處，可以賴；賴床、賴邋遢、賴皮、賴懶、賴很多很多事。總而言之，實在太累了，倒不是死賴成性。

那一陣子，我常常笑自己，或對友人說我魂不附體。因為我移動得太頻繁，太快了，一會兒在這裡，一會兒在那裡的關係，連我的魂魄也跟不上。當我人在臺東，說不定我的魂魄還在宜蘭或是花蓮。不然早上醒來，為什麼搞不清自己睡在何處？在臺東上課時，竟要學生交花蓮交代的作業等等，常常發生搭不上的糗事。甚至於日子，我只記星期幾，根本就不記日月。這話說起來像玩笑，有時也會認真想想，這麼一來，幾分莫名的落寞和失落感也會升上心頭，心裡很不踏實。在這樣的情況下，所謂的生活品質更談不上。好比說放鬆一下自己，泡一杯好茶，搖著椅子看小說，聽聽音樂。或是在某個地方的路邊停下來，看看夕陽，看看風景，做幾口深呼吸，慰勞老師。再或是在宜蘭家二樓後陽臺，隔著紗窗窺視樹上小鳥親吻等等，都不再有過了。

有一次，路過接近池上的富里，車子因超速被攔下來吃一張罰單。下車為即將飛逝的一千八百元惋惜時，我背對三點多的太陽，站在高架的公路上往下看；一片金黃色的稻田深深感動了我，同時又被親切而久違的影子嚇了一大跳。站立在稻田裡的影子，那不就是我嗎？我的魂魄。那時候，那種感覺比他鄉遇故知更興奮。我想是我的魂魄找到我了。我很快地回到車內取出相機，把剩下十幾張的底片，一下子全都拍完，還覺得意猶未盡。剛剛被開罰單的一股悶氣，也因而消散，看看前頭，又是我的一片天。

原載二〇〇四年二月廿八日《中國時報．浮世繪》

在舞臺上咳嗽的老人

這次我們黃大魚兒童劇團，受邀到國家戲劇院演出《稻草人和小麻雀》，我們當然高興，同時也感到十分緊張。在宜蘭的團員都是業餘的，因為我們沒有經費養團員，每次要演出，都在五個月前徵選演員。這次我們確定要在國家戲劇院演出，是在前三四個月的時間。這樣的時間對大人來說也是相當緊迫，何況我們二十九個演員當中，小孩子占十九個之多，並且絕大部分都是沒上過舞臺表演的，卻一躍就要上國家戲劇院。然而，說是有三個月的時間可以排練，小孩子有他的功課和各種不同的補習，大人也不能跟著天天排戲，折衷的辦法只能一星期排三個晚上。

三月七、八、九日就要演出，二月臺灣的天氣濕冷得流行起感冒，我們也由幾隻小麻雀開始感冒起來了。我說我們是一個整體的團隊，一個人感冒，就等於這個整體的團隊感冒，希望大家要注意自己的健康和團隊的關係。說著到了要演出的前一個星期我也感冒咳嗽，給自己打了一個嘴巴，只好不停地向大家說對不起。

當然，感冒的人各自看病拿藥，沒想到這次的流行性感冒，竟然這樣的黏人，不見病況好轉。第一場戲大幕即將開了，小麻雀還有人咳嗽，我們無情地要他們儘量能忍就忍。他們真的做到了。大幕一打開，小麻雀就出場又唱又跳，十多分鐘都沒聽到有咳嗽聲，但一進到後臺，就像機關槍咳個不停，咳到眼睛都紅了。看到這小小年紀的小孩，為了大局的意志力竟然這麼強，真令人感動。有詩人說：「戀愛和咳嗽是騙不了人的。」至少這次的演出，觀眾並沒聽到小麻雀的咳嗽。

但是丟臉的是我這個「老貨仔」，輪到我上場，我也是盡力不讓自己敗露病相，不咳嗽。當我們祖孫四個人在演做稻草人那一段戲，小明和哥哥兩人鬥來鬥去，阿公屢說不聽。這時候我的喉嚨癢得無法再忍受了，我突然冒出一句碎詞，也就是原來臺詞所沒有的。我說：「都是因為你們兩個不聽話，才害阿公的感冒不會好。」說完了，我公然在國家戲劇院的舞臺上，連咳了好幾聲，好在小孩子他們接得天衣無縫。所有的觀眾都不覺得那咳嗽聲的突兀，還有些觀眾事後問我們對話是否對嘴的，因為他們覺得很自然。其實在舞臺上，小孩子聽到我劇本裡面沒有的碎詞時，他們說害他們嚇了一跳。

我太太和一些工作人員，連看了四場。他們都在抓黃老師哪一場又多出什麼話來

伸手取出小罐子打開蓋子。「豆腐乳。」我失望地說。

「豆腐乳？好！豆腐乳好。」聽他的語氣，好像意外遇到老友，還說明豆腐乳原本就是很下酒的東西。我有點懷疑。

等我們真正坐下來，看他珍惜地輕輕呷一小口酒，卻勞動了嘴巴吧答吧答作響，最後還「啊——！」讚嘆一聲，才稍睜開瞇笑的眼睛，酒也傳遍到全身的各個角落。然後拿起筷子，刮一點點豆腐乳放在嘴裡，還嗯——了一聲，嘴巴又吧答吧答地動起來。看樣子他完全忘了為什麼來按我家門鈴的事了。

「潛公，是什麼風把您吹來的？」

「咦！這一陣子你不是一直在找我嗎？」

「有嗎？」我笑著說。

「沒有？那你為什麼一見到我就知道我是陶淵明，還叫我潛公？」

我想了一下：「喔，我這一陣子是在心裡一直念著你沒錯，但是……」

「那就對了。什麼事老念著我，害我耳朵癢了一陣子。我要是不來的話，會把耳朵掏壞。」

「是這樣的，我年紀大了之後，越來越喜歡潛公的大作，特別是〈桃花源記〉。像這樣的好作品，應該讓小孩子從小就熟習它。但是為了要讓小孩子能喜歡接受，那得改編。尤其是要改成劇本用戲劇的形式演出時，改編的幅度更大。如果您是同時代的人，大作還會受到著作權法保護，還可以收到一筆版權的費用。……」

「你要燒冥紙給我嗎？嘿嘿嘿……」

「那不是問題。其實您的著作權經過一千五六百年了，它是歸全中國人共同擁有的文化財產，誰都可以使用。我念著你的原因是，我希望改編之後不能曲解原著的精神，還能在這個不同的時代，把您的精神發揚光大。」

「你覺得你們現在跟東晉一樣嗎？」

「表面上絕對不一樣，很多事情的結構比以前複雜得很多。好比說政客說話也苦口婆心，壞人的機構也兼辦慈善事業。東晉時代好壞分明、簡單。」

「這我不清楚，你們的時代是你們的事。」

「不過我們目前這裡的有些現象，你也要負一點道義上的責任。」我說。

「怎麼說？」

「怎麼說？您在〈桃花源記〉裡面，說那一位漁夫說裡面的人『悉如外人』，後人把外人解讀成外國人。後來他們對自己的家鄉不滿意，就移民到外國去尋找桃花源。」

「呃！這誤會可大了。一般來說，中國人說外人並非指外國人而言，是指外鄉外地的人。再說東晉武陵的那位漁夫，在桃花源裡看到的人，他們是逃秦之亂世來此開墾建設之後與世隔絕。雖然來到東晉，他們沒有經過胡服騎射影響，穿的還是戰國時代的吳服：衫連裙。所以武陵人一見就覺得他們是外人。」

「我也是這樣解釋的。」

「那又有什麼問題？」他回答我的話並沒有像喝酒刮豆腐乳那麼細心。

「潛公，您對孔老夫子……」

我話還沒說完，他也正好把酒杯湊近嘴巴時，他停下來打岔說：「好多人都說我不信孔老夫子說什麼君子不言怪力亂神那一套，說〈桃花源記〉是虛構的，有違寫實為主流的文學傳統。」他喝一口酒，舔一米粒豆腐乳，吧答吧答作聲之後說：「你是不是也有同樣的問題？」

我看著他並沒看出他有什麼不高興的地方。我還是陪小心地說：「對，對。」

「我的〈桃花源記〉裡頭，找到桃花源沒有？」

「沒有。到現在也沒人找到吧。」

「找不到桃花源，就是寫實。找到了桃花源，那才是虛構。」

「為什麼？」我問。

「很多事情和工程，事先總是要計畫和繪製藍圖吧。我們總不能把沒完成的計畫或藍圖叫做虛構。」他改變成輕鬆的口氣說：「沒想到番邦的酒這麼醇美，配豆腐乳又這麼搭調。小罐子拿來，再給我一塊豆腐乳。」

「沒問題。」我轉身去拿小罐子來，在小碟子補上一塊豆腐乳。「潛公，不過豆腐乳很鹹，不能多吃。」

「沒那回事，要勞動，勞動流汗就可以把鹽排出體外。你以為我東籬下只種菊花嗎？那裡有一片菜園，足夠讓我勞動保身哪。」

「欽佩！欽佩！」

他才呷一小口酒配下豆腐乳，不想講話，只輕輕搖搖頭表示客氣一下。我知道他在吟味，只好望著他陶醉在美酒的樣子。他伸出舌頭舔回跑到嘴唇上的口中東西說：「你說對不對？理想的藍圖是需要付出行動的。如果真正有一個桃花源，讓人找到，人都移民到那裡，那就是虛構。」

「有一點不懂。」我說。

「你客氣，我來說好了。到目前好像還沒有一個理想如桃花源的地方。說有，就是虛構，或是假設的。再說，既然沒有桃花源，說找到了，那不是更荒唐了嗎？」

「所以說桃花源不用找，它就在我們腳踩的這一塊出生地。桃花源的人是逃秦之亂世的後代，到東晉也六百五十年以上了。意思是說它是經過六百多年建設起來的。對那位武陵人而言，從初極狹的山洞爬了數十步，忽然開朗土地平曠的情形，就像眼前的景象是突然冒出來的。他回到武陵告訴別人和縣太爺，在他們來說，也是覺得突然有這麼一個地方。是天上掉下來的現成。所以所有的人認為現成的東西就在那裡，只是一時找不到，找到了撿起來就是。就因為思考上的切入點的偏差，沒有人想自己去建設桃花源，一味想去尋找它撿便宜。」我停下來看看他，他睡著了。我輕輕轉身想去拿一件衣服蓋他。我才一轉身，他叫住我。

「去哪裡？」

「你沒睡？」

「嘿嘿嘿，有時我睜著眼睛聽人講話的時候，那才真睡呢。接著說下去，我在聽。」他還是癱在沙發上閉著眼睛。

「剛開始我就說了。我為了改編大師的大作給小孩子看，我把那位武陵人改成八歲的小孩小李子，然後加了武陵江上出現一條鰻魚精作亂……。」

他突然坐起來問：「什麼？怎麼改編得改出鰻魚精出來作亂？你改編好了沒有？」

「詳細大綱寫好了。」

「拿來我看看，拿來我看看，什麼鬼鰻魚精作亂？」他顯得很不安。

我把大綱的稿子遞給他，他一看又叫起：「什麼？〈桃花源記〉的題目給我改成『小李子不是大騙子』？」

「大師，你既然要看了，我就不做說明。」

他拿起酒瓶搖一搖說：「什麼酒都好，再給我一點，然後你走開一下。」

「沒問題。」

我開了一瓶紅酒，他喝了一口，點一點頭，揮一下左手要我走開。

「潛公，我就在隔壁房間，有事叫我一聲我就來。」

他一邊看著稿子，一邊揮手。我悄悄走開，在進別的房間之前，我偷看他一下，他連看我都沒看，又揮手叫我不要偷看他。我只好走進我的書房，等待他來叫我了。

2《小李子不是大騙子》分場大綱

謝天

每年大地交春的清晨，在武陵那地方謝天坪的小山上，遠遠就可以聽見一群清純齊唱的童聲，禱唸著詩歌，裊繞勻拌在晨霧間，使那濃重霧氣緩緩移動。說也奇怪，每當小孩子的禱詞一唱完，春雷就隨著低低的雲層移近，然後一聲春雷乍響，這一年的新水——春雨就隨即降臨。綿綿近月，雨水給武陵的莊稼人帶來生機之外，還帶來他們生活上的點點喜悅。

這一年立春也不例外，村人為了恩謝大自然的賜福，照例遴選十二名村童，事前做運作丹田吟誦禱詞的訓練，屆時穿著一襲胚布素衣，由地方長老帶上謝天坪祈雨謝天。

上天，上天，您全都看到
上天，上天，您全都聽到

我們一切都已經準備好
我們準備了謙卑和勤勞
我們準備了種子和土地
我們準備了鋤頭和畚箕
我們準備了手繭和汗粒
我們準備了扁擔和肩胛
我們準備了吃苦和耐勞
我們準備了日曬和雨淋
我們準備了友愛和善良
我們準備了知足和感恩

我們準備了新娘和新郎
我們準備了嬰兒和母親
我們準備了新酒和歡笑

上天，上天，您全都看到
上天，上天，您全都聽到
我們一切都已經準備好
現在我們都在等待
等待今年的春雨來灌溉
現在我們都在等待
等待今年的春雨來灌溉
現在我們都在等待
等待今年的春雨來灌溉

上天，上天，您全都看到
上天，上天，您全都聽到
上天，我們一切都已經準備好

上天，我們一切都已經準備好

這一年被村人選上上謝天坪吟唱祈雨謝禱詞的村童裡面，小李子也是其中一人，他有一個全村子裡都不討喜的小女孩愛笑瘋這位好友，這一天也找上山來找小李子，她不但讓小李子難堪，還把其他小孩子逗得沒有辦法專心唸完祈禱詞，儘管長老大聲叱責，莊嚴的氛圍裡，小孩子如銀鈴般的碎笑，還是此起彼落不斷。

好在小孩們剛唸完「上天，我們一切都已經準備好」不多久，烏雲到頭，春雷一響，這一年的新水從天而降。可見上天還是不跟小孩子計較，可以說是可愛也能感動天吧。

剛才盛怒的長老也笑了。他對小孩子們說：

「好在老天爺疼你們，如果今天不下雨，看你們下山之後，屁股不挨打才怪。」

長老帶著十二位村童下山，到了武陵江的岸邊，小孩子們往水裡撒下先前準備好的七種顏色彩票，目送著彩票流入村裡。

而在村子那一邊，大大小小排在江邊，準備迎新水的廟會；連村子廟裡的菩薩也被請到江岸。當上游的彩票流到村裡，鞭炮鑼鼓齊響，大大小小歡呼，然後大家往江裡撈起彩票，撕一小塊貼在額頭，幼小的小孩和神像菩薩的額頭，就由大人代替撕貼彩票，最後由菩薩和鑼鼓帶隊，回到村子裡廟會才開始。

江水

這一樣是用舞蹈表現。

一個黑衣耍大旗的人，從裡面舉一面大白旗衝出舞臺，耍出一寬闊的江面，同時帶出一群扮演魚蝦的舞者出場，並隨著歡樂戲水的舞曲跳躍舞蹈，表示水族也因為新水而歡躍。舞蹈方酣、舞曲變調、不安的音響效果乍響，白旗又從裡面翻滾出來，把人扮的鰻魚精帶出來。音樂轉變成急促不安的追逐。鰻魚精追逐魚蝦的情形，同樣用舞蹈表現。

註：鰻魚精最好能請到林秀偉來跳。

客廳傳來了笑聲，這才叫我心安了一點。「喂！過來一下，過來一下。」我趕快衝到大師面前。

「什麼事？潛公。」

「誰是林秀偉？」

「噢！她不是東晉的人，是我們這裡舞蹈頂尖的幾個人之一，我特別喜歡她。」

「她很漂亮？」

「那要看她的情人是誰。不過也不難看。她的舞蹈很漂亮。」

「那你們演出的時候，我倒要來看看。還有，」老先生指著我的稿件，望著我說：

「你這個人真會瞎扯。武陵才沒有什麼迎新水、祈雨謝天這種風俗習慣。嘿嘿嘿，真是胡扯胡扯。」

「大師，我是學您的啊。武陵那裡也沒有一個叫桃花源的地方啊。」

「嘿嘿嘿，我同意你。這件事是可以辦到的。好可愛的小村子。好吧，再讓我看下去。」他的頭已勾下來看稿子，左手揮著要我離開。我想問他要不要什麼東西。我看到那瓶紅酒和豆腐乳。都沒怎麼動。

趕集

武陵從立春來了新雨，作物有收成，江裡的魚蝦也肥美。所以廟前的趕集貨物豐富，買賣的人也熱鬧，當然少不了小李子他們也有魚貨上市，有小李子，就有愛笑瘋來纏他。

正好這一天是初一，賣豬肉的豬肉三，就用他肥胖而低沉的聲音叫賣。豬肉三唱：

嗨！明天是初二

初二、十六拜土地

拜土地，不要忘記

買我豬肉三的豬肉回去
來來來，來來來
瘦子吃肥肉，胖子吃瘦肉
不胖不瘦吃五花肉

來來來，來來來
肥肉、瘦肉、五花花的肉
要什麼肉就有什麼肉

來來來，來來來
豬肉三的價錢最公道
豬肉三的磅秤往上翹

擺在旁邊的攤子是小李子的魚貨。小李子這小孩，看豬肉三叫得起勁，他從簍子裡一手提一條大鯉魚，也來勁地唱起來。

小李子唱：

嗨！說得好說得對
初二、十六拜土地
拜土地，拜肉也得拜魚
魚肉不分家，吃肉也得吃魚
來來來，來來來
喝了春雨的魚兒肥
淋了春雨的人丁壯
來來來，來來來
鯉魚、鯽魚，活跳跳的鰻魚
要什麼魚就有什麼魚
來來來，來來來
新鮮的魚、新鮮的蝦
新鮮的魚蝦是昨晚抓
快來把魚蝦帶回家

賣菜的姑娘也不示弱，你唱我也唱。
賣菜姑娘唱：

嗨！青菜青，菜青青
吃魚吃肉固然妙
青菜豆腐不能少

來來來，來來來
多吃青菜皮膚好
青菜價錢又是最公道
來來來，來來來
三餐青菜不離姑娘
看看我姑娘有多漂亮

來來來，來來來
白菜、芥藍、綠油油的菠菜
你要什麼菜就有什麼菜

市集最忙亂的時候，突然有人從遠處，一路喊著：「閃開！閃開！」前後兩人抬著血淋淋的阿六路過。原來是阿六的手被出現在武陵江的鰻魚精咬斷了。市集亂成一團的人群，他們的話題都集中在鰻魚精身上。有人說鰻魚精在上莊，咬走了一個小孩。又有人說前些天誰家的鴨子被吃了十幾隻。凡是在江裡或是在岸邊折損的人畜，全部歸到鰻魚精的帳上。

說著說著，縣衙衙役敲鑼來到，宣示縣太爺的指示。說武陵江的鰻魚精又出現了，要大家小心。另外還告訴大家，說不管死活捉拿鰻魚精，獎賞白銀三百兩。

武陵的百姓一壁怕鰻魚精，一壁為可能得到的三百兩白銀高興。

捕魚

每天撐船到武陵江去捕魚是小李子和爺爺兩人的生活。小李子在船上的工作，只有把爺爺網上來的魚蝦撿到簍筐裡的份。他早就厭煩這樣的工作，他很羨慕爺爺撒網捕魚。過去他常常求爺爺也讓他撒撒網，但是爺爺老是一句話拒絕他說：「你還小，等你長大再說。」小李子最不喜歡聽這一句話，他覺得年紀小好像罪過，一直被大人懲罰不許這樣，不許那樣。

這一天小李子又忍不住了。他懇求爺爺。

小李子：爺爺，讓我撒網好嗎？一次，一次就好。

爺爺：你這孩子，又來了。說你還小你不信。

小李子：我不要再聽了。（他氣得摀住耳朵叫。）

爺爺：我說這張網只有大人才撒得開你不信。嘿嘿嘿，瞧瞧你這小孩，氣成這個樣子。

這一天的漁獲很少。小李子問爺爺說，是不是鰻魚精出現的關係？到底有沒有鰻魚精？爺爺並不認為有什麼鰻魚精，他說可能是一條不能用一般的方法捉到的大鰻魚。因為體大食量大，所以連水面上的鴨子也被吃了。爺爺的幾聲不尋常的咳嗽。引起小李子的關心，建議爺爺回家休息。

孩子不見了

這一場可有可無。但可讓下一場戲兼了多個角色的人換裝。

整個村子裡的人，幾天來都罩在鰻魚精的陰影裡，而有一位村婦的三個小孩竟然不見了。急得心狂火熱的媽媽，喊破了喉嚨急急忙忙、慌慌張張衝出舞臺找小孩。還低聲下氣述說小孩有多乖，多可愛。說到傷心淚也掉下來。她繼續叫著小孩的名字往遠處去了。

由小哥哥帶隊的三個小孩，拿著釣竿要去釣魚，還說要釣鰻魚精。三個人還在爭著三百兩白銀怎麼分配。在爭論中被回頭來的媽媽撞見。媽媽找到孩子，一改前面的傷心話，破口像連珠砲，凶惡地沿路罵到家。

道士捉妖

身強體壯的年輕人，為了白銀三百兩的獎賞，許多人想辦法去冒險。至於一般婦女和老人，他們雖不敢妄想那三百兩白銀，但是驅除妖邪是他們的願望。所以村子裡有人去請資深的道士，來村子裡捉妖。他們在江面上搭祭壇，讓道士作法。

道士是一個神棍，他在江面上裝腔作勢，愚弄圍上來觀看的村民，小李子和愛笑瘋也在群眾裡面，大家都看得發呆。

道士唸經作法到最後，唸完真言咒語之後，抽出背後的神劍，左手比個佛印往水裡一指，右手舉劍往水面刺殺，說時遲，那時快，道士隨祭壇傾斜掉落江裡，祭壇也一起垮了。眾人看到道士掉進水裡，大家驚叫都認為他抵不過鰻魚精，被擄走了。在他們的心目中，鰻魚精的道行又升高一級，連資深的道士也死在牠的手裡。大家驚慌地跑離現場，叫嚷著鰻魚精又出現了。但是只有小李子和愛笑瘋還留在那裡。小李子將一根竹竿伸到水裡，要道士抓牢。無奈水裡捲起一個漩渦，將才浮出一個頭的道士捲入水裡去了。

小李子還不死心，回頭去划船來找道士。但是奇怪的是，小李子找不到道士，不知怎麼地，船卻划到一個完全陌生的地方而迷路了。

「這就要鑽進桃花源了嗎？」老先生叫我。

我出來問他看到哪裡，他指稿子給我看。

「是啊，就要進到桃花源了。有意見？」

「我也不知道。等一等，我看完再說。」

「喝點酒再看，這是番邦的紅葡萄酒，喝得來嗎？」

「可以。有酒一定要喝，沒飯吃事小，沒酒喝就活不了。嘿嘿嘿。」說著自己倒酒就喝起來。「對了，這個紅酒和豆腐乳就配不起來。」

「我再去找點什麼？」

「不用不用，這種酒好像乾喝也不錯。」

「您內行，潛公畢竟是中國的酒仙酒神。」

「好了，我要看你的稿子。」他又揮揮手要我走開。「錯字連篇、還說是作家呢。」他還以為我沒聽見。

我心裡雖然很不是滋味，我安慰自己說，古時候的字和現在的字有很多不同，大概是誤會了。

我們搖搖晃晃　跌跌撞撞
就這樣學會了人模人樣
就這樣我們都愛上桃花源
桃花源是我們的家園
是令我們驕傲的地方
桃花源是我們的家園
是令我們驕傲的地方

撈江

這一場用舞蹈形式表現。

以前鄉下人在找江河裡的死屍，常用長竿。這一場由爺爺和村人共十二人，各拿曬衣竿撈江。他們從白天撈到晚上，夜裡還提燈繼續打撈。最後加爺爺和一兩個女性哀淒地呼喊小李子，但不宜多。隨即燈籠一盞一盞熄滅，天空留下一片殘月。

再見桃花源

自從小李子不見了之後，村子裡的人和爺爺差些就把武陵江翻過來找。爺爺四五天沒吃沒睡，單獨一個人拖著疲憊的身體，不死心地找。

這時在桃花源那裡，當了四五天不速之客的小李子，心裡十分不安地掙著要回武陵。這些天來，桃花源的人也都很欣賞這位小貴賓，特別是這裡的小孩子把小李子當著寶一樣地愛他。甚至送到村口，要離別之前，他們還想盡辦法要留住小李子。

小李子：（**感激的**）可打擾大家好多天了，真不好意思。這些天來，大家像招待貴賓一樣地招待我，我，我內心十分過意不去……。

無歲長老：小李子，你不必客氣，其實這些天，因為你的來訪，給我們桃花源帶來從未有過的新鮮日子，讓我們真是高興得不得了。（**向其他人**）你們說是不是啊？

眾人：對對對。

馬風：小李子，我們都很喜歡你。

小李子：謝謝，我也是，我也很喜歡你啊。

馬玉：那你就留下來好不好？

小李子：（**感動的**）謝謝、謝謝。

小李子（**唱**）：啊——，叫我怎麼謝謝，謝謝大家好呢？
啊——，叫我怎麼謝謝，謝謝大家好呢？
我說一千個謝謝也沒辦法表達我的心

爺爺：你就說沒冤屈。

小李子：我沒有冤屈。

縣太爺：沒冤屈？那你來找縣太爺做什麼？趕快出去，趕快出去。跟爺爺快回去。

爺爺：縣太爺大人，我的小孫子有好消息告訴你。

縣太爺：好消息？

小李子：是很好很好的好消息。

縣太爺：那就好好地說給我縣太爺聽聽。

小李子：請問縣太爺，我講了好消息，有沒有賞？有我就講，沒有就休想。

縣太爺：（**拍驚堂板**）大膽！小小年紀，乳臭未乾，竟然出言不遜，頂撞本大人。左右！重重杖打一百下。（**說完了自己也覺得過分了。**）

小李子和爺爺一聽之下，嚇得拚命討饒。最後小李子不求賞地把桃花源的情形說給縣太爺聽。縣太爺一高興，賞了五十兩銀子，還馬上組隊出發去尋找桃花源。

「這是什麼大綱啊！又臭又長。」

我在裡頭一直在注意大師的動靜。他的話我全都聽到了。我趕緊來到陶淵明先生的面前、陪不是地說：「潛公，太浪費你的時間了。對不起。」

「這叫什麼大綱。寫得太囉嗦。」他說著倒酒喝。

「本來是寫給自己看的筆記，您說要看的。」

「我的〈桃花源記〉才四百多個字不到，你說改編，到底寫了多少了，看你後面還那麼多？後來小李子怎樣？說給我聽就好了。簡短一點。」

「是，大師。我盡力。」

「後來呢？」他又倒了一杯酒。

「後來，小李子和爺爺在回家路上碰到愛笑瘋。她纏住小李子，告訴他發現鰻魚精的藏所。小李子告訴她不要抓牠，要去餵牠，以後還可以成為朋友。

「事隔半月，縣太爺沒找到桃花源，還害了一場病。他叫人帶小李子前來責問，並且要討回五十兩銀子。小李子不但不能還五十兩銀子，還怪縣太爺是自己迷路。縣太爺認為是小李子欺騙他。他命衙役重打五十大板。當衙役舉起刑棍要打下去的時候，他又大聲喊停。還罵衙役，說打小孩還用刑棍？不怕把小孩打死。然後命他們去找打小孩的小竹子。趁衙役找竹子的時候，縣太爺把小李子放走了。

「這件事很快傳遍整個村子。大家一遇到小李子就唱：小李子、大騙子、騙天騙地騙皇帝。小李子被譏笑得走投無路，他很想證明給大家知道，他絕對不是大騙子。他想啊想，終於想到一個好辦法。那一條大鰻魚大家以為是精，這一段日子已經被他和愛笑瘋把牠養乖了。他想把大鰻魚誘到江邊廢棄不用的石籠裡面，讓大家看、讓大家知道鰻魚精是他和愛笑瘋抓的。這樣就能證明他不是大騙子。果然照這辦法把大鰻魚誘到石籠裡面了。全村子的人都圍來看。就是不相信鰻魚精是他和愛笑瘋捉的。爺爺也不相信，他建議帶去繳給縣太爺領賞。小李子不肯。他說：

「『爺爺，一條鰻魚要長到這麼大不容易。繳給縣太爺一定會殺了牠。不行！把牠放了。』說著和愛笑瘋不管所有村人的反對，又把大鰻魚放了。郊區的江邊馬上亂成一團。聞風趕來的縣太爺，想看看鰻魚精，又沒趕上，聽說又是小李子大騙子搞的鬼，在那裡凶惡地責罵小李子一頓。

「這時孤獨的小李子難過得哭起來，愛笑瘋又把鰻魚誘出來，在江面跳躍游了好幾趟。之後，讓大家惶惑中，沒有先前那樣地咬定小李子是一個大騙子了。說也奇怪，頭上一瓣一瓣粉紅色的桃花瓣，像雪一樣地飄下來。同時天使般的合唱聲也在大家的耳朵裊繞起來：

聽哪！讓我告訴你那美麗的桃花源在哪裡？

聽哪！那美麗的桃花源，在我的心裡，在你的心裡，美麗的桃花源，在我們的村子裡，美麗的桃花源，在我們的希望裡。

聽哪！那美麗的桃花源，在你我，我們大家的心坎裡。
聽哪！讓我告訴你，那奇妙的鰻魚精在哪裡。
聽哪！那奇妙的鰻魚精，在天地裡，在大自然裡，奇妙的大鰻魚，在我們的村子裡，奇妙的大鰻魚，在我們的愛護裡。
聽哪！那奇妙的大鰻魚，在你我，我們大家的生命裡。」

「好好，我喜歡小李子，我喜歡縣太爺，我也喜歡愛笑瘋，還有爺爺，我也喜歡爺爺，我更喜歡番邦的酒下豆腐乳，嘿嘿嘿……」

我被笑聲吵醒過來，看到太太和兒子他們回來，不受教的兒子，又偷拍了我穿短褲頭的半裸寫真。他們看我沒生氣，覺得很奇怪。我為什麼要生氣？陶淵明先生同意我，可以將〈桃花源記〉改編成《小李子不是大騙子》。我得意地笑著說：

「同意了！同意了！」

家人一頭霧水，就讓他們去一頭霧水吧。

原載一九九九年八月廿八日～九月三日《中國時報・人間副刊》

我們在辛苦的訓練期間最常對學生唸的話，例如：「遲到有上百個理由，但是事實只有一個」、「一個人不小心生病了，也就等於整體病了；因為一個人的原因削弱了整體的力量」、「當你們在舞臺上演出時，沒有幾個人知道你叫什麼名字，但大家都知道你們是復興國中的，或是你們是宜蘭來的」、「只要盡了力，失敗了，沒有任何理由可以怪你們」、「不是靠腦的記憶演戲，要用你的心、你的感情演戲」……等等。

曾經有一位同學，她很活潑和頑皮。她在演出的前一個星期連續遲到三次，最後我們忍痛要她退出。那一天，排練的休息時間，有同學來告訴我說，某某同學沒回去，她在樓梯的陽臺那裡哭。我本來就很難過，聽到這樣的報告，心裡更加難過。我集合大家對他們說，我以前當學生的時代，是一個經常被退學的壞學生，但是想一想，每個曾經接受我的學校都給過我機會，所以我今天才變成一個好公民，也成為一個有思想性的作家。我向同學們說了一大堆理由，為的是替自己架設梯子下來，好去把那位同學請回來。簡單地說，這位同學回來之後，變了一個人一樣，表現得非常突出而成為模範。

還有一位同學，我要特別提出她的名字，她叫做魏嘉瑩，她是擔綱《小李子不是大騙子》這齣戲的主角小李子。這齣戲有十六段場次，小李子要出現十二場，戲分最重。二〇〇一年十月二十七日，少年劇團在臺東文化中心演出時，快到中場休息之前，我們發現她身體有些虛弱和氣喘，臉上雖有化粧，仍然可以看到失血的蒼白。她病了，她不告訴別人，咬緊牙關硬撐。我們發現這樣的情形，我決定要她停下來休息，當我準備拿起麥克風要向兩千多位的臺東觀眾道歉、宣布停演時，嘉瑩來到我的身邊，用虛弱的聲音，告訴我她要再試試，不要停。當時所有在場的人都被她感動了。中場要開始之前，我們在後臺，團團圍住嘉瑩，來了一次愛的鼓勵，大家齊聲喊：「加油！加油！加油！」大幕又開了，嘉瑩重新步出舞臺，一直到最後，從天下飄落下來的桃花落英，小李子聽到美妙的歌聲，她合著唱，到後來所有的人也誠心地感動著合唱：

聽哪！讓我告訴你，那美麗的桃花源在哪裡，
聽哪！那美麗的桃花源，
在我的心裡，在你的心裡，
……美麗的桃花源在我們大家的心坎裡。

大幕落下來了，兩千多個臺東的大小觀眾，沒有一個人知道，剛才我們發生了什麼事，他們陶醉在小李子帶給他們美麗的桃花源憧憬裡。大人帶著小孩，跑到舞臺前，從地上捧回天上掉落下來，繽紛的桃花瓣回去了。他們說宜蘭的復興國中真好。

還有二〇〇二年十二月十三日的晚上，當大家在花蓮東華大學成功地演出《我不要

當國王了！》之後，大家在舞臺上擁抱在一起哭成一團，還留在臺下流連忘返的觀眾，覺得驚訝，他們誠不知，團員們一邊是喜極而泣，一邊是此後有部分同學就要離開劇團，而為此不捨。像這樣個人對團隊的感情、認同，幾乎在每一梯次的培訓中，不知不覺地被培養起來。每一年，不管是復興國中的少年劇團，或是黃大魚兒童劇團的演出，不少過去的團員，只要有時間，他們都會回來幫忙。這種情形，在今天冷漠的社會，大部分人都那麼地自私個人化，這種情感是何等寶貴啊！

這八年來，復興少年劇團的活動，從平時的排練到上臺演出，期間都有不少感人的事情，留在大家的記憶裡，對我們個人產生正面的成長作用。我因為不必離開劇團，我看到的、感受到的比同學還多，這也就是我樂此不疲的能量來源；所以看起來不像七十四歲。陳志勇校長曾幾次誇獎我，說我是教育家。我知道陳校長是在鼓勵老人，不過以我和復興少年相聚多年的經驗，得到一個寶貴的心得，那就是「小孩子是可以期待的，要看大人有沒有付出。」

原載二〇〇八年五月《九彎十八拐》第十九期

大便老師

如果你是一位老師；不管是現職、退休了的，或是轉行了的，當有人叫你「大便老師」時，你將作何感想？不管你修行有多高，不生氣，但是不愉快是難免的吧。

我就被這樣叫喊過。還不只叫一聲，因為是在臺北捷運總站，上下車人潮吵雜聲中，有一位先生大聲連叫了三聲。我聽見了。首先我還不知道那是在叫我。我也是來往人潮的一分子，再怎麼忙，只要一聽見有人大聲叫喊「大便老師」，誰都會好奇地停下來，順著那叫喊的人的視線，去尋找那個被羞辱，被叫「大便老師」的，到底是什麼樣的一副德行。我一下子就找到這個叫喊聲的源頭：那聲音像是衝著我來的。當我看到了那個二十出頭的年輕人，然而他的目光和旁邊因好奇而駐腳的人，同一個目標注視我時，我一下子不知所措地驚慌起來。並且那位青年，像破冰般，擠開身邊的人群，快步向我走過來。

「老師！」他很愉快地伸手去握住我還不想和他握手的右手，用雙手拿著它搖。

「你是──？」這個人，在我的腦子裡，一點印象也沒有。稍叫我心安的是，他堆滿了笑容，和親密地拉著我的手。不過還是覺得不自在。

「我是你教我們做大便的學生。」

「啊──！」我拉長驚嘆是健忘老人滑頭的伎倆，利用那一點時間去快速倒帶思索。什麼教他們做大便的事。很幸運，還不至於患了老人癡呆，總算想起來了。「……對對對，那是很久很久的事了，啊哈哈哈，對對對，大便大便……」我把迎向他的笑臉和話語，故意順便掃向還在用好奇的目光鎖住我的旁觀者。這一招有效，我們目光一接觸，一個一個都微笑起來走開了。

對，確實有這麼一件事，當時我臨時客串老師，教一群幼稚園的小朋友用泥土做大便。事情是這樣的！

十七年前吧，我曾在中部鄉間一家工廠任職協理，負責產品行銷，還兼三千多名員工的文教與休閒活動。公司為員工附設的幼稚園和托兒所，也歸我指導。

有一天下午，我去巡園，在教室走廊碰到一位女老師，她小心翼翼地帶一群用盒子裝滿泥土的小朋友。從田裡回來準備進教室。小孩子一碰到泥土，每個人都露出愉快的笑臉，邊走邊討論將把泥土怎麼著的事吧，高興得像一群麻雀吱吱喳喳叫個不停。包括老師在裡面，他們那種樣子，直覺就讓人覺得很有生氣。但是，當那位女老師注意到我在他們背後的時候，我像撞碎了什麼似的，老師突然嚴肅地對小朋友警告他們不要講話。小朋友因為泥土在手上，也在心上，太高興了，所以沒理老師，照樣吱吱喳喳有說有笑。老師更緊張。因為我已經跟近了，老師來不及再警告，她改口大聲地說：「小朋友，你們有沒有說黃協理好？」

小朋友這時東張西望才看到我，很陌生而不帶感情地東一句西一句地說：「黃協理好！」

如果他們剛才那種愉快的樣子，是一只精緻的水晶玻璃作品，這時都摔碎了。我對我的出現，覺得後悔、有罪惡感。另方面也對我們機關行號的工作場所，養成無謂地亂怕主管，或是主管濫充權威叫人怕他的這種文化感到心痛。小孩子一下子就被緊張的老師感染，他們也生硬起來，就在這時候，有一個小孩手一滑，盒子一翻，撲刺一聲，一團泥土掉到地上了。旁邊的小孩隨著叫了一聲「哇！」那孩子驚嚇地抬頭望著老師。

「太不小心了！快撿起來。」

小孩害怕地蹲下來，準備把泥土撿起來重新放回盒子裡，因為大家都圍過來看他，他覺得很尷尬。沒想到，他不但沒撿還站起來，很沒自信地指著腳邊的泥土，笑著說：

「看！牛屎。」

「亂講！還不趕快撿起來。」老師更緊張了。但是，小孩子一聽到「牛屎」，大家都笑著說「牛屎」。老師走過去蹲下來準備替小孩把泥土撿起來。我趕緊叫了一聲：「老師，不要撿。」老師站起來看著我。我對她笑著說：

「我來。」然後對小孩子。「小朋友，你們看，像不像牛屎？」

「好像哦！」

「真的好像牛屎，好好玩。」

小孩子你一句、我一句，都說地上的泥土很像「牛屎」。一時僵硬的氣氛又恢復生動了。連那一位以為自己惹禍的小孩，也高興地以他的發現為傲，他張望著同學的臉。希望後頭的同學也過來看。只有老師還沒轉過來，因面對失序的情況顯得有點不安。

「老師，我們就來一次隨機教學好嗎？這一節就由我來。」

「好啊，好啊。」老師的頭好像轉過來了。她也笑起來。

隔著窗戶那一邊教室裡的小朋友，聽到走廊喊著「牛屎」的騷動，注意力也被吸引過來了。只聽見裡面的老師，用教鞭抽著桌子，大聲叫：「小朋友！大家看黑板！」

我把拿著泥土的小朋友，帶到他們教室之後，就跟他們大談大便起來，原來摸到泥土就滿心歡喜的小朋友，又在教室裡，開口閉口談起大便，他們幾乎瘋起來了。

每一個人都想發表他們看過的大便。

「老師，我家的豬大便，很像一球一球的冰淇淋哪！」

「好髒！冰淇淋怎麼像豬屎。」

「那樣子像不像？」

「很像。」

「不像。」

小孩子討論得很熱烈。

「老師，雞屎很像牙膏。」

「比較像水彩。」

「牙膏！」

「水彩！」

「牙膏牙膏牙膏！」

「水彩水彩水彩！」

「好了。不要吵，你就把它做出來。還看過什麼大便！」

「羊！羊！羊的大便很像黑豆。」

記得那一課做了好多種動物的大便：有豬、狗、兔子、貓、雞、鴨、鵝、羊、壁虎和麻雀等等。

最後連自己的大便也做出來了。有一位同學把泥土和了一些水，弄成一灘稀泥，用害怕又覺得好笑的聲音叫：

「拉肚子的大便啦——噫——好臭喔！」

小孩子一下子都圍過去看。

「好髒！唷——……」

這一節課學生的作品很豐富，也很生動，但是秩序很亂，特別是聲音很吵。不過想一想，一群小孩子用泥土做大便，能靜悄悄地進行嗎？世界上哪裡有這樣不活潑的小孩，請你告訴我。

所謂的隨機教學，除了動機可以隨機，內容也可以隨機。既然大便有硬有稀，就可以談到飲食和健康的關係，並且這些都是小孩子最切身的經驗哪。

乘這機會教他們一首有關大便的閩南童謠，用閩南話唸起來，又順口又押韻：

呷芭樂放槍子
呷柚仔放蝦米
呷龍眼放木耳

呷鹹菜放大旗
（再創作一句加上去）
呷安非他命你會死！

沒一下子大家就琅琅上口。然後再說明說：「吃東西吃得太快不能消化，從大便都可以看出問題。以前的芭樂還沒改良的時候，叫做狗屎芭樂。小小像狗屎一樣，沒什麼肉，裡面都是籽兒。吃快、吃多了，不能消化，大便會拉不出來。勉強拉出的都是硬硬的丸子，像子彈（槍子），掉地都會有咔啦一聲響。拉不出來的小孩，媽媽一急，叫小孩把頭垂地，屁股抬高，然後用勾蘿蔔乾的粗鐵線勾，往肛門裡掏大便。

「吃柚子如果用吞的話，柚瓣的米粒一坨一坨彎彎的，拉出來就像媽媽炒菜的蝦米。沒消化的龍眼，拉出來黑黑地一片片地就像木耳。

「鹹菜是芥菜醃的，菜葉沒消化，拉到水溝裡，跟著溝水流時在水裡展開，就像一張一張的大旗。」

真的，沒見過小孩子學習的情緒是這麼高昂，這麼投入。據說他們回家的路上，在娃娃車裡還唱著剛學會的大便歌，害別班的同學羨慕不已。那時我心裡就想：這一課，這些孩子一輩子都忘不了吧。

只是時過十七年，不曾再聽人提起過，連我都差些忘了。

我跟這位叫我「大便老師」的學生，坐在車站的咖啡廳聊起來。

「老師，你知道我那一次做什麼大便嗎？」他笑著看我。

「我怎麼會知道。」

「我就是做漏屎的那一個。哈哈哈。」

我們都笑起來。旁邊的人都轉過臉來，用白的眼睛看我們。

「你不會因為這樣才去學醫吧？」

「老師，我不敢說絕對，不過一定有關係。」他沒笑，那眼神好認真。接著又說：

「老師你沒教書很可惜。」

「怎麼會。」

「要是我當總統，我一定請你當教育部長。」我知道這當然是開玩笑。我不假思索地回答：

「我才沒那麼笨哪！」我知道我失言。但是腦子裡閃過電視新聞質詢的畫面，想了一下，也就不想多做解釋了。

我們愉快地分手後，我搭捷運回士林。坐在舒適的車廂裡的博愛座，想一想，又聽到那一位青年人叫「大便老師」。我禁不住笑了一下，笑聲是被我抑制了，笑臉依舊，身邊的旅客不敢正視我。我還是看到他們在注意我。我在心裡對自己說：

「當什麼教育部長？還是當大便老師好。」

愉快的時候，時間過得特別快。車廂裡的廣播，用四種語言告訴我說，「士林站」到了。

原載二〇〇〇年七月廿四日《聯合報・聯合副刊》

一個作者的卑鄙心靈

一九七八年元月十六日應政大西語系邀請演講

各位老師、各位同學：

今天各位看到我穿牛仔褲和藍襯衫，再加上這一件小格子西裝外套的這一身打扮，相信再也沒有人會說我是鄉土了吧。也好，免得有人借用新典故，又說什麼「狼來了」的。如果一定得說什麼來了，那麼今天應該說我是「羊來了」才對。不過，剛才我騎機車穿過辛亥隧道之後，就一直淋雨到你們這裡，所以我這一隻羊是淋濕了的羊，帶三點水的「洋」了。

剛才上來介紹我的同學說，我今天要跟各位講的題目是：「現實世界與小說世界」。我一聽之下，心裡馬上納悶起來。原來我們並沒有約定要講這個題目的。我一直還以為就像我過去的經驗，對方都讓我海闊天空地隨我漫談，所以我沒有在這個題目上做任何的準備。再說，好吧，就拿「現實世界與小說世界」這個題目來談，我這麼一想，即刻腦子裡就忙著打起轉來了。但是，想了想，答案好像很簡單；現實世界裡的人物，他們肚子餓了就想要吃米飯，洋化一點就吃西餐，一樣都離不了吃。小說世界的人物，他們何嘗不是一樣？難道能不食人間煙火？這有什麼好講呢?!（等著一陣笑聲過後。）對不起，這麼說令大家覺得有點開玩笑，其實並沒有什麼不對的地方。要拿「現實世界與小說世界」來做為一個演講題目的話，換個比喻的方法來講，也是一個很精采的題目。現實世界只有一個，小說世界可多著哪！有超現實的小說世界，有荒謬的小說世界，有寓言的小說世界，還有武俠的小說世界，吾愛你、你不愛吾的小說世界，太多太多了。所不同的是，現實世界的主宰永遠是我們，就是絕大多數的我們大家。正如救國團的團歌所唱的：「時代在考驗著我們，我們要創造時代。」這是絕對正確的。我們大家的祖先，受嚴酷的原始現實社會的考驗，創造了封建的時代，再經過幾千年封建的現實社會的桎梏，我們又創建了民主自由的時代。我們大家就是現實世界的主宰。然而，小說世界的主宰是各色各樣的作者，他們各個在自己的小說世界裡當上帝。在那世界裡，希望女主角有多漂亮就有多漂亮，要某一個人物死，被汽車壓死，或是病死，都隨作者的意思。所以才有「筆下留情」這樣的話。我們大家跟許多小說世界，始終保持一段莫可奈水質方面，比水量更影響飲用者健康情形。這一點做為一個作者的時候，是不能不清楚的。在這裡而言，什麼是水質呢？應該是作者的生活、心態和思想才對。不會是和生活脫了節的、形而上的文學理論吧。

幸運的作者

過去，從寫作的動機，和寫作過程中的經營來看，我是相當衝動型的一個人。跟我同過學的、或者是跟我同過事的人，都看過我一言不合就揮拳頭的醜事。另一方面，一感動起來心軟得不得了。可以說是很情緒化的一個人。說我是感性大師，我想我是當之無愧的。這樣的一個人，每當一件事物被他抓在手裡的時候，也正是心裡滾燙得最厲害的時候，大腦的職責也都一時被滾燙的心取代了。大腦一被取代，也就沒有思考的活動了。這樣子的心性，隨伴著我的時間，相當長久。所以在寫作上，在題材的選擇，處理的方法，也都隨這樣的心性去做主張了。過去我大部分被認為是鄉土的那一系列作品，都是這一段時期的產品。

做為一個作者，在世俗原有的眼光來看，我是幸運的，我一開始就受很多前輩和朋友的鼓勵。在作品而言，文緣很不錯。文緣就是文章的文，人緣的緣。很多寫文章評論我的作品的文評家，誇獎我，讀者大部分都喜歡我，就這麼一帆風順地被稱為作家，並且還小有名氣。其實這是一種誤會，而且是善意的誤會。

通常，一個作者如果看到批評他的文章時，一般的反應是這樣的：看到說他不好時，他十分不高興，甚至於當晚不眠不休，夜車開到底趕一篇文章反駁加謾罵。如果看到說他好的，他就高興。誠然說他好到如何如何，說這又象徵什麼，那又象徵什麼，說得玄而又玄，說的人自己也搞糊塗，作者本身更不懂。然而，作者只要領會到人家說的，是在好的一面，他就笑納默認了。有些人還特別多買幾份刊登讚美他的刊物，剪貼的剪貼，寄給朋友的寄給朋友，這還不夠，等到作品結集時，還要附在集子裡面，或是有人訪問他時，還要念念不忘如數家珍地，把這些說他好的文章一篇不落地，還特別記取發表的刊物和時間而一一列出來。可見大部分的作者都盼望人家說他好，有名無實也無所謂。我雖然沒去記取這些說我好的文章，也沒去蒐集，但是，當時看到了這些東西的時候，我的心裡是舒服的，是愉快的，什麼叫做飄飄然呢？就是這個時候的感覺。本來這是人之常情，沒什麼可以厚非的。可是，當一個人的作品，跟廣大的讀者發生了溝通的時候，默認有名無實的讚美，就有盜名欺世的嫌疑。

兩種評法

現在來看看我自己，是不是有盜名欺世的嫌疑呢？綜觀評論我的作品的文章，概略苦的罷。我今天無法把過去的生活情形詳細地報告出來。不過，記得當時幾個文學的朋友，他們關心著我的生活，卻比我的文學生命來得更關切。諸位要是看過那時候寫的〈兒子的大玩偶〉、〈癬〉之類的作品，那裡面多多少少都有我們的生活影子。我有些事情還不能明白，連家裡的人都沒能去照顧，還能悲天憫人嗎？或者應該問，到底悲天憫人是什麼意思？對於一些人物的不幸遭遇，正如我小說中的小人物的生活，付出與實際無補的那一點本能的同情，這就叫做悲天憫人嗎？或是所謂的惻隱之心，不忍人之心？

當你們在看我那一類的小說，也一樣地同情著裡面的小人物時，除此之外，透過這些小人物，只讓你們覺得這只是個案的話，那我們不能否定，在我的作品裡面，是流露著人皆有之的惻隱之心而已。以我現在的看法，如果指著某一篇作品，說是作者有悲天憫人之胸懷的話，那應該是讀者透過那篇小說的故事，無形之中，作者成熟的技巧引導著讀者共同地觸覺到大環境的實體，並由作者憂時傷世的思想指引著，讓讀者活生生地體認到，我們的民族到底為了自己的什麼缺點受苦受難。而作者的聲音絕不是概念的，更不單是知識的，而是真正地出自作者完善的人格的呼喚。所以要說我是一個悲天憫人的作者，那實在還遙遠得很！

或許我們從一個初學的作者，在選材的客觀條件上來看，說不定更容易了解到，一個作者的心靈，以及他的心靈的成長。

心靈的成長

在正常的情況下，初學的人想寫小說的話，一定是寫他自己，或是他自己最熟習的人物和環境。在這個起步上，我是正常的。開始時我寫了不少關於自己的東西，包括自己覺得全世界都跟他敵對起來的那種感覺，其中最典型的一篇，即是我拿來在我的集子前面做序，嘲笑它是蒼白的〈男人與小刀〉。過後就寫熟悉的身邊人物，他們要不是鄰居，就是羅東的小同鄉。像〈鑼〉裡面的憨欽仔，就真的有這麼一個人。我寫自己和寫他們，這都是很自然的事。那麼恰好他們是小人物，對他們和家鄉卻有一份說不出的感情，在這兩造之下，寫出小說來時，碰巧形成擁抱小人物的熱烈的場面來。如果我不在那裡長大，假定是在臺北，那麼我想，初期我的小說就不是這樣的面目了。從這裡可以說明，悲天憫人的作者不是可以因碰巧誕生出來的。悲天憫人的作者，單憑對人對地的那一份說不出的感情，而沒有生活的體驗，和思想的成長是不夠的。

回想起來，小說中的那些小人物，還有沒寫進去的，他們三十多年前都是我童年的朋友。我們在一起的時間比跟家人在一起的時間，要來得長很多。我們在一起時，無所不談，無所不玩。然後，隨時間的流轉，不知道在哪一天，大家很自然地，不知不覺地不告而別了，有的是真正離開了家鄉，有的是往社會的各種不同的層面散開了。三十多年過後，我們有了很大的變化，不管是經濟上、文化上都有了很大很大的差距。也許有

題。

所以「藝術不藝術」，那可要看是站在什麼角度來看的。我說這個東西很藝術，你不認為。你說那個很藝術，我不認為。到底誰是誰非？這只有附和社會可以進步的一邊，才產生了價值。藝術這樣的東西，也應該對社會的進步有幫助的才有價值，不然，說它是怎麼藝術得了不得，又有什麼用？

我順便再舉一個，你們親身經驗過的例子。去年九月間的一場大雨，把你們政大都淹沒了。那時你們學校師生奮不顧身，冒著洪水搶救學校的財物的事蹟，我們在報紙和電視都看到了。但是，就在這同一場雨，說不定有一位住在淹不到水的地方，望著窗外的傾盆大雨，突然觸發了靈感，於是提筆就寫：

下吧！下吧！雨水，
你不必哭泣，
當他傾倒最後的一盆，
他將後悔整個旱季……

對不起，我不會寫詩，我只是舉例。再舉個例子，也是同時，有一個高中的女學生，看到這樣的一場雨，很像某一位女作家寫的小說裡面的情景一樣，那個跟她年齡背景很相像的女主角，就在這雨中淋雨。她暈倒了。當她醒過來的時候，老師就在身邊……。說不定，這個小說迷，就真的跑出去淋雨了。

神木

這是可能的。那麼大家想一想，同樣的一場雨，你們政大的師生在想什麼？在做什麼？一個豪氣十足的詩人，又在想什麼？在做什麼？一個被小說害了的女孩子，她在想什麼？做什麼？為什麼會有這麼不同的想法和看法？你們現在可以清楚了罷。

所謂文學藝術，應該也是推動社會向前邁進的許多力量當中的一股力量吧。在這個功能上來看，我過去的創作心態是卑鄙的，該被唾棄的。我希望我今後的寫作，能找到一條更開闊的道路，跟大家，跟更廣大的讀者，跟我們整個社會連在一起。可能我今後的作品，不能像瓷磚那麼討人喜歡，然而，社會的建設，像十大建設，是不需要瓷磚的，偉大的工程，偉大的建設，永遠是需要大量的鋼筋和水泥。我只希望我是一把水泥，或是一截鋼筋。

做為一個寫作的人，現在我知道，他和站在講臺上的老師、枕戈待旦的將士，和匍匐在田裡的農夫、緊盯著生產線的工廠工人，以及所有為我們社會努力的人們，是沒有什麼分別的。把我們的民族，把我們的社會，比喻做一棵神木的軀幹的話，做為一片樹葉子的我們，在枝頭上的時光，我們只有努力經營光合作用，當我們飄落地的時辰，我們即是肥料。我們個人的生命雖然短暫，但是神木的軀幹，即是每一片葉子的努力和盡職。五千年的神木，就意味著有五千梯次的發芽與落葉。我的寫作經驗是徹底地失敗了，我仍然希望成為一個作者，做為神木的一片葉子，和大家一起來為我們的社會，為我們的國家，為我們的民族獻身。

我是不懂演講的人，今天拉雜地在各位面前，表白了自己。今後我除了個人的努力之外，更需要各位多多地批評和鼓勵了。謝謝各位。

原收錄於一九七九年遠景出版社出版之《我愛瑪莉》附錄

羅東來的文學青年

正當「現代」，也就是所謂的「現代主義」，和稍後的「存在主義」這個詞兒，隨著知識分子的口沫，在臺北的空氣中橫飛的時候，我們宜蘭鄉野的空氣中，仍舊飄浮著牛糞發酵的芳香，其中還夾雜著野花雜草的花粉和灰塵。不過白色恐怖的陰影，在臺灣地區卻不分天南地北，濃重地籠罩在整個臺灣和個人的心裡。

臺灣雖然光復多年了，我們的語言（現在所說的國語）和文字，到這時候總算也光復了。想試著寫點小說，對題材而言，最盛行的反共小說，我卻沒有「共產黨」的經驗，誠然有不少作家沒那個經驗，應景也能成冊一本一本地出書，而我連捉摸都有問題。懷舊思鄉的作品，也是當時隨便翻開報章雜誌都可以看得到的題材，但是以我的年紀還沒老到有舊可懷念。同時我也沒離鄉背井，社會轉變的腳步，還是以行板的速度進行，一般來說不覺得唐突。所以要寫嘛，只有寫自己熟習的，寫在構想的時候，自己已經感動過的。這樣的東西，舞臺自然是家鄉，人物當然是我的鄉親宜蘭人，當時只知道小說一定要有故事，以寫實的角度來看，每個人的喜怒哀樂，都是被故事串連起來的。基於表面上的這三種要素，我是有足夠的條件和信心。因為我童年喪母，比一般的小孩有更自由的時間，用自己的雙腳，一而再，再而三地去讀遍我的出生地，還有鄰近的鄉村地理，同時也感受人文。

然而，我在這個起頭的階段，真正碰到小說寫作的難題是，小說中的對話語言。我的小說人物是鄉親裡面的農民和其他小人物，在經驗世界裡，這個時候的臺灣，這些人只會一種語言，即是我們的母語，並且在生活中，他們對母語的掌握都十分生動。可是用國語寫到小說中的對話語言時，不但失去生動性，有時候連語言的恰當和準確性都有問題。如果我就用我的母語閩南話來寫，縱然能找到適當的文字，而這也使許多不識閩南話的人看不懂，不要說外省人，連本省的客家人都有問題。再說，閩南話的語音和讀音，大部分分得很清楚，讀音有字即可以讀，語音有音不一定有字，有的是字還沒跟上，有的是文盲普遍的時代很長，人民把話用得很溜，而溜開文字的約束，使語音更合乎平常使用的合理性。在這樣的先天條件之下，很難貼切地處理這個問題。當然，這個時候我個人的作法是，使用翻譯的方式，將母語翻成國語，如果可能的話，必要時，保留母語，自己唸一唸，看通不通，或是部分的修改，讓懂母語的人嘗到原味，而國語也讀得懂。

記得林海音先生編《聯合報．副刊》時，我寄一篇稿子，同時附了一封信，要林先生不能改我的題目中的一個字，那就是〈城仔落車〉的落字。因為那是我這篇小說中主人翁，一句驚慌的話，在那樣的困境之下，幾乎是生命的吶喊。我希望讀者直接地聽到這個聲音。當時我沒去想這篇稿子會不會被錄用，只想到那個原音不能改。在急切的情緒下，那封信可能寫得不禮貌。但不見林先生生氣，或覺得我驕傲，很快地把這一篇稿子刊出來了。林先生這麼一做，就影響我後來對小說中的對話語言的處理風格。這裡既然提到林海音先生，我不能不再說一說。六〇年代初，文字獄滿盛，被扭曲強解的都可以入罪，何況是具體的思想問題。那時候，只要有思想和良心的人，或多或少，對政府都是不滿的。我也難免。在白色恐怖的氛圍裡，只有無奈。但又不情願。我只會寫小說，總得在小說裡表示表示。於是我寫了〈把瓶子升上去〉，寫的是學校的旗桿上，被升上兩隻空酒瓶，隨風叮叮噹噹碰響。我的想法這是一種象徵，代表國家的國旗升上去接受大家敬禮，我的空酒瓶代表苦悶和空虛，升上去讓大家去反省反省。這篇東西給林先生，像丟給她一個燙手的山芋。據她說為了這一篇東西，她發稿排版的過程中，有兩度抽稿的矛盾，到第三次下班回家，想了想，豁了出去，掛個電話叫排版再將它安放上去。我非常感激林海音先生對我的愛惜，當時她不但刊登我的稿件，還寫信鼓勵我。我只知道她在鼓勵我，根本就不知道她坐在編輯的座椅上，有時如坐針氈。我接著把〈兩萬年的歷史〉、〈借個火〉的小說寄出去，一篇是寫兩個軍人喝醉酒拿國歌來唱著玩的，一篇是寫學校裡的軍訓教官，隨便扣學生的帽子，指學生民族意識薄弱，開會要開除學生。這些林先生都很快地發排照登了。因為她登得快，我就寫得勤。以我當時的個性，要是她多退我一次稿，或是不理不睬一下，我可能就不會想寫小說了。我就是這麼糟糕的青年。

當我們在鄉下努力思考怎麼寫出代表自己民族的東西，怎麼才能寫出言之有物，還能先感動自己再感動別人的時候，救國團的文藝活動，把司馬中原、朱西甯、魏子雲、瘂弦、紀弦等等響叮噹的人物，帶到我們蘭陽地方來演講，這是我們宜蘭地方的盛事。記得當時他們談的是小說或詩，好像都圍著「現代」、或是「現代派」、「現代主義」轉。偶爾還可以聽到「喬伊斯」、「亨利．詹姆斯」、「卡夫卡」、「安略特」、「沙特」等等名字。說真的，可能是我當時的程度，我聽不懂。可是糟的是，我在感覺上覺得他們談的東西很有內容，很重要。於是他們一陣風走了之後，我開始懷疑我過去寫作上的思考，同時開始要捉摸我都不清楚的所謂現代的東西。其實我覺得根本就沒有西方人的現代症候群，我沒有經歷那樣的社會。這時候，我竟然放棄我熟習的，又開闊的，又是本土的題材，把原先凝視社會的焦距移到自己，放大自己，揑造自己的苦悶，和彌補苦悶的怪誕行為，可說是一連串的自憐自慰。我也算是有點聰明，我苦惱了一陣子，一篇自認為是「現代」的小說完稿了，題目叫「男人與小刀」。

碰巧，臺北來的文藝家又來了。打聽到他們的落腳處，請朱橋先生帶我去把稿子呈給他們過目。他們很熱誠，當天晚上看完了稿，隔天就找我談。說我這一篇小說寫得很現代，也很存在主義。說得我心花怒放，整個人就像灌了氫氣的氣球，飄浮得好舒服。沒想到「現代主義」的「現代」和「存在主義」都可以當形容詞用，我一直想再寫很現代又很存在主義的小說，不再寫過去傳統現實寫實的小說了。這篇小說還登在《幼獅文藝》，朱橋還把我的題目改為「他與小刀」，我還為這件事，從宜蘭趕到臺北找朱橋算帳，鬧得他說找警察來，我就坐在他的座椅上等，結果警察沒來，朱橋也不見了。過去寫鄉土小說的時候還謙虛得很，沒想到寫一篇人家說很現代又很存在的小說，竟然囂張到這種地步。

不久，因為工作搬到臺北來了。由七等生的介紹，認識《文學季刊》的朋友，並答應創刊號交一篇小說。心裡想，要寫一篇比〈男人與小刀〉更現代的小說。我很快很認真地寫了一篇叫做「跟著腳走」，我希望要現代嘛，連題目都不能土。第一期創刊號的《文季》出爐了，同仁人手一冊，看完了約定在姚一葦先生家見面，當時尉天驄連家都還沒有。那時我期待著朋友談我的作品，但是好像被跳過似的，特別是陳映真的眼神，像是有很多話要說，而由於怕傷害朋友的諸多設想吧，也就沒說什麼。我很多地方是粗線條的，但碰到顏面的事纖細得不得了，經過這次的聚會，我受到很大的挫折，我回到家想了又想，卻沒悟過來，還以為寫得不夠現代。於是乎更用心思，寫了第二篇交給第二期的《文季》，題目是「沒頭的胡蜂」。雜誌出來了，還是沒有在同仁之間引起回響。尉天驄為我焦急地說，我為什麼不把平時說給他們聽的那些故事寫出來。第三期寫了〈青番公的故事〉，第四期寫了〈溺死一隻老貓〉，姚老師看了，像是比我高興，拍拍我的肩膀說：春明，這就對了。當我寫完〈看海的日子〉，因為連著寫了幾天，工作也丟了。但是我真正地為自己高興，像是到勒戒所戒毒，經過一番痛苦後戒毒成功，我放聲大哭一場，也為故事裡白梅的遭遇，還有將迷失的自己，放回我過去用腳熟讀的地理的領域裡。真可以說是百感交集。

《文學季刊》的經濟是靠尉天驄一人在扛的，到了七〇年代，經濟不濟，同仁的遭遇，像映真的入政治獄，天驄出國，來了王拓、唐文標的加入等等，《文季》不能如期，其間還停刊再復刊，同仁間除了少數幾個，其他人的往來也沒過去那麼熱絡。在這個階段，我至少有三篇東西該投給《文季》，但是，在理念上，我跟文標兄有所歧見，我把〈蘋果的滋味〉、〈魚〉和〈我愛瑪莉〉投給《中國時報．人間副刊》。我了解他在美國經過保釣運動的洗禮，抱著愛國愛民族的情感回來，對現代主義的批判，我不但理解，也是同路人。可是那時當我寫完了〈蘋果的滋味〉，草稿讓他先過目時，他很認真地跑到我北投的住家，向我提出建議，他認為我不該在小說中，讓無產階級的一家人在美國醫院出醜，在廁所裡偷衛生紙。我說事實就是這樣，這不會被看不起，會被同情。他說他不希望我被誤會侮辱無產階級。另外他又舉出一個問題點：小說中的父親發生車禍了，母親阿桂罵女兒阿珠，說要她眼睛睜亮一點，要覺悟，不然要將她賣給人當養女。其中的「覺悟」，文標兄認為太文雅了。我說這就矛盾了，一邊要無產階級的有好形象，一邊又不能讓他們說話太文雅。我說我不會寫這種東西。並且「覺悟」在閩南語裡，用得相當普遍。當時我顯得比較激動，我還申辯著說：毛澤東的文藝講話裡，還分紅區白區；紅區的文學作品，要給無產階級鷹揚的形象，白區就得反映社會的矛盾。我不希望有人在背後握著我的手寫東西！我的話很沒有禮貌，唐文標沉默了很久，最後向我說對不起就走了。之後他還寫信道歉，我的心胸比較狹窄，我們的友情照常往來，老么也認他做乾爹，但是文章還是投給別人。不過，這一陣子文標兄也影響我很大，他教我反省，我在鄉土文學論戰期間，寫了一篇自剖：〈一個作者的卑鄙心靈〉，很多人認為太意識形態的東西，但是我不會為這一篇東西後悔。

到七〇年代末，臺灣的經濟離陸起飛了，農村的剩餘勞力，四、五百萬人開始向都市做國內的移民，社會結構開始變化，價值觀、文化的秩序亂起來。窮過來的人，初次嘗到物質的感官享受，一頭就栽進去了。小說人口被聲光的電視搶走了，一部分的小說評介也隨波逐流了，不然就是不知所云。我早就對小說寫作感到無力感，想想梁啟超先生曾把小說的地位提得高高的，叫做小說救國論，劈頭就說要一新一國之民，就要一新一國的小說，要一新一國之道德……魯迅要借助小說藝術醫國。到七〇年代臺灣，小說沒地位了，大眾化（不等於庸俗化）的傳統，被一些學者專家否定了。所以我就轉而去拍電視的紀錄片影集《芬芳寶島》。八〇年代我去參與電影的工作。九〇年代，我覺得大人沒救了，救救小孩子，我開始從事兒童讀物和兒童劇場。

回過頭看看，我是寫過幾篇東西，就這麼簡單地被稱為作家。我很懷疑。在我心目中古今中外有多少令我崇敬的作家，如果像我這樣也叫作家，豈不是很可笑？

原載一九九四年一月六日《中國時報・人間副刊》

給憨欽仔的一封信

親愛的憨欽仔：

如果這封信，你還是需要別人幫你讀的話，你儘可放心聽聽。信裡面絕對沒有讓你在別人面前丟醜的文字。

不過當我想跟你寫這一封信的時候，為了開頭的稱呼，我苦惱了一陣子，撕掉了好多張信紙，最後才決定，還是讓你感到自然為原則，就跟大家一樣，稱呼你憨欽仔了。照理說，我們中國人一向是講究長幼有序，論起輩分，在稱呼上必要加上名字時，我理該稱呼你阿欽伯才是。再說，以我內心對你的尊敬，更該是如是稱呼的。

前年春天，和今年七月，我從臺北回鄉下，分別辦伯父黃阿祿，和他的獨子當燦的喪事，兩次我都看到你了。我知道你自從那一次把鑼敲破了以後，又回到南門棺材店的對面，跟你以前的老朋友一塊兒蹲在茄冬樹下了。也因為這樣，你才幫上我伯父，和堂兄的喪事，來為他們的出殯，加入舉彩旗的行列。我可以知道，我伯父在天之靈也感激。其實那一次他是死得很傷心很傷心的。他死了，萬萬沒料到他的獨生子當燦，在美國不能趕回來為他奔喪披麻帶孝，還叫我伯母把喪事費用的帳目，和親戚朋友捐助的香奠金名冊，一併寄給他，好讓他短補，多就算了。這一件事情，家鄉老一輩的人，聽了以後都從心底裡發寒。在我們家鄉，誰不知道我伯父和伯母是擺麵攤，栽培他們的獨生子去美國拿博士的？那時好多人勸他們，說兒子拿到博士了，不要再那麼辛苦擺麵攤。他們總是笑著說是是，說是他們願意的。但是，有誰知道他們是有苦難言？這位博士兒子跟有錢人家的千金小姐結婚，就沒有賣麵的父母了。

那一天告別式的時候，我穿上我的孝服，再加上我堂兄的，我站在伯父的靈像旁，一一向來參香的親戚朋友答禮。當我先看到拖著破塑膠拖鞋，還用塑膠繩結著破損的地方，我稍抬起我的淚眼，一看是你，這才讓我激動得禁不住地哭出聲音來。我知道我們是沒有什麼親戚關係的，伯父也沒跟你交往過。但是當時你是憑著一股同情，認為伯父不該那麼淒涼而走上來的罷。你那麼有板有眼地踏著哀樂的沉重節奏，走上前凝視我伯父的靈像。你是不是想告訴他什麼呢？後來，我看到好幾個跟你差不多一樣的人，都一一給我伯父參香了。我說我伯父一定會高興。因為他丟了獨生的博士兒子，死後卻得到了幾個朋友。難怪那一天棺材出門，腳步輕快地奔向他的新居去了。

兩年後，我這位堂兄博士，在美國死了。七月間骨灰被寄回到家鄉。伯母託人寫信，叫我出殯那一天，一定得回去。我回去了。那一天我遠遠地就看到伯母家門口，搭了很大的棚子，許多弔輓的白布條在那裡飄蕩，超渡的誦經聲也喃喃地從那裡傳出來。伯母遠遠地看到我，她跑了一段路，抓著我的手，哭著說：「阿春啊——，我沒有兒子啊——，我、我沒有兒——」她一定哭了幾天幾夜了，聲音沙啞得像磨石子。我扶著她走進屋子的時候，我在走廊那裡看到你了。你蹲在那裡抱著彩旗的竹桿，看來像很疲倦。我跟你點了點頭，你也跟我點了點頭，我感覺到你似乎也對我很熟了。我們家鄉那種小地方就是這樣，每人在同一個地方見幾次面，雖不相識，但在感覺上已經就熟了。其實我對你好熟好熟啊！當我六七歲的時候，我就常看你在我們小鎮上敲鑼。有一次你替人敲鑼找小孩子，我覺得很好玩。我跟著你走了好幾條街。後來到了屠宰場豬灶那裡，你突然發現後面這個小影子跟你走了好遠的路。你把我喝回去。當我回頭走的時候，你又很關心地叫住我。問我住哪裡？誰的孩子？認不認識路回去？我什麼都沒理你，掉頭開步就跑回家了。還有我在公園的防空洞，也聽過你說鬼故事。我一直對你太熟了。大概因為對你太熟的緣故，民國五十七年，《文學季刊》第九期催我的小說稿的時候，我就寫了一篇〈鑼〉，把你介紹給喜歡文學的朋友。那時我跟我太太和兩歲的國珍，三個人在臺北圓環附近，租人家的後院，做飯包賣給銘傳的女生，和士林中學的學生。可以說工作很忙，生活得很辛苦。但是我竟在這最艱苦的時候，寫出〈鑼〉這篇介紹你的小說。到目前，它是我所寫過的小說當中，最長的一篇，有五、六萬字哪。我真不明白當時在那樣的環境，又是我胸部痛得最厲害，竟能把〈鑼〉完成，交給沒有稿費的刊物。哪來的這樣力量呢？後來我才明白，那是你的人讓我感動的力量。很值得告慰的是，很多看過〈鑼〉的人，差不多都表示敬愛你。當他們說起憨欽仔這個名字的時候，他們的心跟我一樣對你尊敬。

我堂兄博士的告別式，比起我伯父的似乎哀榮多了。不，我伯父黃阿祿的喪禮，以世俗的眼光來看，只有哀而根本就沒榮彩。因為有一個博士兒子不能為他服孝，還老遠地斤斤跟他分帳。在我們鄉下，能出一個美國博士好像很光彩，那一天縣長代表、議長，很多赫赫之名士，都來參香讀祭文。說實話，那時我很擔心你會上來參香，雖然跟兩年前伯父的喪禮，都是同一家人，但是這一次顯然就不同了。上次棚子簡陋，沒有敬輓，沒有這麼多的鮮花水果，也沒有這麼多人；並且這次來參加儀式的人，男的是西裝筆挺，女的是洋裝首飾。上次沒有人拍照片，沒有那麼多披著金光閃閃的袈裟的和尚來唸經。我怕你排隊上來參香的時候，會被人把你推出去。因為那樣我會為他們侮辱你，而狠狠地跟他們打架。我一直害怕，尤其到最後，我更怕了。我想你會不會因為客氣，不跟他們擠而留在最後走上來。我捏著拳頭，望到最後的幾個人，看你是不是上來。要是你上來，他們干涉你的話，我就要上去餉給他們飽拳。事情終於平靜地過去了。我看到你還是蹲在廊下抱著彩旗桿，好奇地一個一個望著來給我堂兄參香的人。這時我放下心，才覺得我累極了。這次你為什麼會不給我們小地方的唯一博士參香？我猜不透你為什麼。但我也不想知道。我相信你的想法是對的。

這次看你，你比上次給我的印象老多了。茄冬樹下的一夥人好像少了幾個了。現在大家都好嗎？對了，那天吃飯，我看你端酒碗的手，有些不由己的顫抖。你酒喝太多了。據說外面賣的米酒，有的是用工業用的酒精調的私酒。千萬注意，少喝為妙。

我寫這封信給你。對你來說，令人感到莫名其妙，實在一點意義都沒有。而我，其實也沒什麼。只是我寫你的那一本小說《鑼》又再版了。我真高興已經有好多人認識你憨欽仔了。以後還有更多的人會認識你。一時，我心裡有了一股喜悅，和一股鄉情，突然讓我覺得，跟誰說都沒有比跟你說而來得貼切。這就是我寫這封信給你的原因。我知道，在你個人的生活圈子裡面，根本就沒有信這種東西。這一封信一定擾了你的生活了罷。請原諒。

祝

健康快樂

編按：這一篇原為一九七四年遠景出版社《鑼》的再版序，並刊於一九七四年十月十三日《中國時報·人間副刊》。本文是根據一九七四年遠景出版社《鑼》的再版序。

好幾千個人的眼睛呵！

那一天晚上，我騎機車從臺北回北投奇岩家裡，是沿途高聲歌唱著回去的。

太太一開門，先跨出一步，噓了一聲做個手勢，提醒我說：「小聲一點，小豬仔好不容易才哄他睡著。」然後她疑惑地露出笑容問我。「什麼事情那麼高興？撿到錢了？」

「《莎喲娜啦．再見》要再版了。」我高興地說。

「噓——！小聲一點嘛。」

我走進臥房。小豬握著小拳頭，已經睡得很深了。我俯身聞了聞他的鼻息，禁不住地吻了他一下。大概是鬍鬚扎了他。他皺了皺臉動了一動。我輕輕地拍著他，小聲地說：

「爸爸的書要再版了。」

上抽出另一本書，告訴那一位大學生說：

「這一本《莎喲娜啦・再見》，也是同一個作者寫的。寫得不錯，銷路很好。」

「我知道，」大學生笑著說：「我上次買了。」

我在旁邊聽了之後，好感動。當小姐把書交給大學生時，大學生有點好奇地問：

「你也喜歡黃春明的小說？」

「最近才看的。我很喜歡。」

我高興得差些叫起來。我感激地目送著買書的人走出去。接著在離開書店之前，我非常誠懇地向書店的那一位小姐點個頭笑了笑，結果她生氣地把臉別向她的同事，當我走出店，我還聽到後面有人罵我：「瘋了！不要臉？」然後是另一位書店小姐的笑聲。這一家書店，我再也不敢去了。

三四個月來，我在好多家書店，看過我的讀者買我的書。在中部的小鄉鎮，看到小書店賣我的書，還特別畫了海報張貼。在年輕人的談話中，聽到我的小說被談論著。還有不少的前輩，在報章雜誌寫文章獎掖我。這一些，這一切，對於我都變成鼓勵。這三四個月的時間，在我的心裡深處，起了很大的變化和作用。有了信心，甚至於突然看清楚了目標。對這些人給我的鼓勵，感激之餘，套一句肉麻話，對這些支持我的讀者，真有「相見恨晚」的感慨。

其實，我這兩本集子所收集的短篇，大部分都是多年前的作品，為什麼當時的讀者那麼少？支持我的創作路線的人也不多。這一點，先避開時間考驗的一環不談，就以發表的園地，來做個客觀的思量。當然，在絕對的個人主義，與無政府主義的創作意識形態的人看來，無所謂園地不園地的，也無所謂讀者不讀者的；他們並不企圖與第三者溝通。所以，他們甚至於認為創作，在稿紙上脫了稿就算完成了。這種創作意識的作者，在創作的心境上，可能境界很高，恐怕不是普通人可攀登的罷。我也是一個普普通通的人，不會有什麼創見。我只能追隨先哲的看法，省些摸索的時間，省些胡言亂語的力氣，在目前貧乏的中國文壇上，能盡我僅有的棉薄之力，我就感到心安。所以在小說創作上，我是絕對贊成以真摯的人生態度為基礎底關心人、關心社會的文學。且不說道德良心，且不說道義責任，單從文學藝術產生的過程與成分來看，也就可以明白。如果在文學藝術裡面，把「人」的部分拿掉了，所剩下來的會是什麼？然而，又把「人」從「生活」，從「社會」裡面游離出來，那又會是什麼樣的「人生」啊！何況關心人、關心社會的文學，還有其他多樣性的意義在。說到這裡，我十分自覺得慚——愧，嘴巴喊的是那樣的文學，手寫的也是想寫好那樣的文學，結果跟幾個臭味相投的朋友，卻躲在社會的角落，喊呀、叫呀、吵呀地自鳴得意。這種情形想起來又可憐又可笑。除非另有別的文學觀念和態度，不然一定要走關心人和社會的文學底路的話，不但內容是社會性的

王老師，我得獎了

除了賭或然率的獎之外，其他任何獎對得獎人而言，都不是天上掉下來，也不是地底下冒出來的。除了得獎人過去的努力之外，其過程一定有恩師貴人的指導和協助，才能達到獲獎的條件。當然，我不但不例外，指導我的恩師和協助我、支持我、鼓勵我的人可真不少。像林海音先生對我的影響，也是絕對性的。不過其中啟發我，引導我的是王賢春老師。縱然她在天之靈已經知道我獲獎，但我更想要她知道，我在文學創作這一條路上，她一直是在前頭引導我的一盞明燈。

一九五〇年，我在羅東念初中的時候，王賢春老師是我們班上的級任，也是我們的國文老師。那時候本省的同學和外省的同學，在國文的課業上，有很大的差距；外省同學的作文和毛筆字，表現得都比本省同學好得很多，使用國語也比本省同學流暢。有一天的作文課，王老師發還上一次作文的本子，發到我的時候，她讓我看到我得到甲下。但是她告訴我，說作文要進步，最好不要抄襲。我覺得我很冤枉。我辯稱我沒有抄襲。老師說沒抄襲很好。雖然她的語氣有安撫我的意思。我站在那裡不走，要老師讓我再寫一篇作文。老師說我如果喜歡作文，儘管寫，她很願意幫我改。我請老師出題。老師說隨我喜歡寫什麼就寫什麼。我一定要老師出題才算數，不然老師會以為我又抄襲。其實心裡也沒什麼把握，只是想證明這一篇〈秋天的農家〉並不是抄襲別人。王老師拗不過我。她說好吧，那就寫「我的母親」。

「我的母親死了。」

「你幾歲的時候母親就過世了？」她帶著歉意問。

「八歲。」

「八歲？那你還很小嘛！」她驚訝而抱著更深的歉意說：「你對她還有沒有印象？」

「很模糊。」

「好，你就把母親那種模糊的印象寫出來好嗎？」她很小心，聲音有點顫抖。

我隔天就把作文繳給王老師。

又隔了一天，王老師把作文本子還給我。

我記得那是冬天，天氣很冷。國文課下課的時候，王老師叫我過去。她一邊叫同學說：「外頭的陽光很好，你們都出去曬曬太陽。」教室裡只有我和她。我走近老師的桌前，遠遠就看到攤開的作文本上，朱筆密密麻麻。心想，這下寫壞了，老師更相信我上一次作文是抄襲別人的。真冤！當我站在老師的跟前，抬起頭看我的王老師，竟然眼眶含淚。她望著我說：

「你寫得很好。很有感情。」

那一篇作文，我現在還有一點印象。大概是說我八歲那一年母親過世。我底下還有四個弟妹。母親剛死不久，年小的弟妹天天哭著吵著要母親。每當他們這麼吵著的時候，祖母就說，你母親都到天上做神了，哪有母親可討。我說我不像弟妹他們那樣吵著要母親。但是偶爾我也會想起母親。當我想起母親，祖母對弟妹說母親已經到天上做神的那一句話，就在耳邊響起。這時我不知不覺就隨著祖母的話，抬頭往天上望。如果在晚上，我會看到星星，有時候也會看到月亮，但是始終沒有見過母親。

從此以後，王老師介紹我看巴金，還有一些大陸作家的作品。另外她還送我兩本她的舊書；一本契訶夫短篇小說集，一本沈從文的小說集，並且常找時間問我讀小說的心得。

沒多久，王老師在課堂上被帶走了。她介紹給我的書，一下子都變成禁書了，連我們的國文課本《中華文選》也是禁書。又沒多久，據高中部的學長說，他們去參觀國防醫學院，好像在解剖室的那裡看到王賢春老師。據説她是匪諜，是中國共產黨青年南方工作隊的團員。

王老師當時的模樣，很像演民初電影裡面出現的姑娘。瀏海的頭髮，瓜子臉上掛一副銅框的圓眼鏡，一襲微微泛白的陰丹士林藍色旗袍，一雙白色短襪套在懷鄉的時候可以拿來抱在懷裡想念母親的黑布鞋。她年約二十五、六歲。現在想起來，她那麼年輕就有遠大的理想和志向；縱然她的信仰跟此地的環境不符，可是她愛國家、愛民族、愛廣大受苦受難的百姓的那種情操，不是我們一再在學習和修練的功課嗎？當我獲悉得到第二屆國家文藝基金會頒發的文學獎項時，第一個讓我想起來的人就是她，王賢春老師。

王老師，我得到文學獎了。

原載一九九八年九月廿二日《聯合報・聯合副刊》

我知道你還在家裡

國峻，那一天夜晚，蘇花公路沒有風景，風雨不小，北宜公路也沒有視野，雨霧不散，我連夜從花蓮開車回臺北。一條一百多公里，熟習不過的山路，竟然變得那麼遙遠。儘管催足油門，我還是像被圈在轉輪籠裡的松鼠，不停地往前打轉還是徒勞；好像回不到家的慌張。三十二年來，做為你父親的我，呼喚你的名字的次數，加起來也沒有我沿途在心裡一直呼喚你那麼多。國峻！國峻！……

我為什麼要像你母親那麼地傷心欲絕，叫人為她擔心呢？為什麼？因為我知道你還在家裡，就和平常一樣，只是你現在化成影子罷了。但是……唉！你這傢伙，我在客廳，你就躲到你的房間，我到你的房間，卻聽到樓上的琴聲在竊笑我笨。你的頑皮叫我忍笑躡足上樓，而你又早我一步，蓋好琴蓋悄悄溜到書房。我跟到書房，書桌上才讓你翻動的稿紙，露出隨你迅速閃躲所旋起的一陣風，將它吹落滿地。我俯身去撿起稿紙時，你才飼養不久的三條小金魚，看到我以為是你，牠們聚集一起貼著魚缸，不停張合著圓圓小口嗷嗷待哺。你幾天沒餵牠們了？我轉到花房和陽臺，那些花卉和你是一國的，它們護著你也跟我玩起來。它們的葉尖，有的指東，有的指西，還有指上指下，錯亂我找你的方向。唷！王善壽（註）也爬出來了，牠跟在我後頭爬來爬去，看那樣子也是餓慌了。雖然牠在我們家十多年了，那一天我們不是說好，要你帶牠到野地放生？

國峻，你到底是在樓上或在樓下？反正我就知道你還在家裡就對了。這太不公平。自從你化成影子之後，我在明，你在暗，我們事先又沒先說好，說要玩捉迷藏。你想想看，你幾歲了？我又是幾歲了？我們不玩好嗎？我雖不想，不知不覺地被你帶著玩了好幾天了，我好累啊。你就出來吧，國峻！現在是凌晨四點未到，為你惋惜，為你傷心的人，他們把那一份情愫，也都移到夢裡繼續牽縈。現在客廳裡沒有別人，我就坐在沙發上等你從樓上走下來。不要擔心會嚇到我；就是嚇死我，我也願意。

國峻，我知道你還在家裡。如果你不想離開，那你就給我活過來！不然，你既然以行動做了那麼堅決的表現，那你就照你的願望走吧！我的朋友安慰我說：之前你住在人間的家，我是你人間的父親。現在你要換天上的家，那裡有一位更慈祥、更能了解你、更疼你的天父可以照顧你。是不是這樣？我也不知道。你這孩子，你怎麼這麼優秀？人

息。記得我當時的反應是，重複她的話，把驚嘆改為疑問：「王禎和死了？」接著又像是自言自語地問：「他的癌是不是控制住了嗎？」但是太太的回答更叫我訝異；她說是心臟衰竭。

當我聽到這則噩耗，並沒特別悲傷，只是打完電話回到屋子裡，突然覺得孤獨起來。等著畫完的龜山島就愣在畫架上，我試著要把它畫完。沒有用。在這個屋子裡，孤獨得叫人一下子都待不住。我只好把窗戶一一關好，收拾了畫具，準備打道回臺北。平時替我照顧小院子的花草的陳太太，說我才回來為什麼馬上又要走了？我謝了她就走了。

車子一開動，那種待不住的感覺沒了。我取道濱海公路，有兩個小時的時間，零零碎碎地想起跟王禎和的事。我和王禎和最近一次的見面，是去年年初，在臺大醫院耳鼻咽喉科的走廊。那一次的見面，對禎和來說，一定是很平常的事，事實上也是很平常的，但是對我當時的情況而言，可叫我膽戰心驚哪。因為在那之前的一個星期，有兩位醫師對我的口腔黏膜病變的情形，頻頻搖頭和嘆氣，甚至於頭一個醫師直率地說，前不久有個案例，他估計可以拖半年，結果三個多月就走了。最後我找臺大耳鼻咽喉科，醫師說要切片，主治醫師說再觀察一個禮拜再說。那一個禮拜，可真是難挨。晚上常三更半夜起來坐在床上嘆氣。嘆久了，一個禮拜總算等到了，到了臺大掛號排在第三十二，接近最後的。太太陪我，從九點一直等，等到十二點多了，通常這個時候，所有的掛號都可以看完，這一天不知為什麼。偷偷開門看看裡面，看到陪病人來的幾個家人，聽醫生指指點點，他們都難過落淚的樣子。病人半躺在椅子上張著大嘴，眼睛往下勾，看到前面的親人，他自己也蓄了淚水。我悄悄關上門，告訴太太說，裡面的那個病人好像很嚴重。太太叫我不要再去看別人，這三個小時，和前一個星期一樣難挨。太太叫我在走廊上走動走動，輪到我的時候叫我。我轉個身往樓梯口那一邊才走了幾步，有人拍我肩膀，回頭一看，是王禎和。我嚇了一跳，心裡暗地裡有點發毛；是不是我也犯了口腔癌？我們很久沒見面，他見了我顯得很高興，倒是我有點失態而拘束。他回答我說他是來做例行檢查。問到我，我一五一十地告訴他。他卻很樂觀地鼓勵著我。當時的他，耳朵重聽，說話吃力沙啞，但是他不厭其煩地教我如何注意生活起居，飲食習慣，還有多吃維他命C等等。還特別舉一位得到諾貝爾醫學獎的醫師，說他是怎麼食用維他命C，才把自己的命保住了。輪到我的號碼了。禎和也陪我看醫生，結果醫生說不用切片，說我營養不良、睡眠不足、菸抽太多等等。我突然像是柳暗花明又看到前途了。到了外面，禎和又把剛才的話，很吃力地全告訴我太太，要我太太強迫我實行。與禎和分手時，我還向太太說：「禎和不但鼻咽癌都好了，連患癌症的心病也不見了。」

回到家已經將近十一點。站在門口按電鈴前，真希望太太見了我就說：「啊！王禎和的事大家傳錯了。」門鈴一按，門開了，太太見了我說：「你不是明天才要回來嗎？」我沒回答。人才坐下來休息，電話鈴響了。太太說可能是某報社的編輯吧。果然不錯。對方要我談談對王禎和的印象。我說了幾句。對方要我大聲一點；第一次有人叫我講話大聲一點。我提起精神說：

「王禎和的勇氣，還有對文學的專念，在目前臺灣的文壇，除了鍾理和先生，再也找不到第二人。他的身體不但沒被癌症打倒，還在患病的十多年間，寫了不少作品出來。反觀我們還活著的幾個，寫不出東西來，還要找出種種的理由說明。……

「王禎和是一個很謙虛的作家，常聽到他讚美別人的作品。在《文學季刊》的時期，只有他的稿件不用尉天驄催。天驄常拿禎和為例，要我學他的榜樣。……

「更重要的是，他是一位好丈夫，也是一位好爸爸。……」

掛下電話，腦子裡浮現出禎和的笑臉，不知在笑什麼，笑得嘴咧得有點誇張。我有點懊惱剛才的電話訪問沒講好，並且還有好多的事可以談。我在賣飯包的時候，禎和還叫他太太林碧燕老師，在士林中學替我推銷過飯包，我家的大兒子，小的時候到過禎和家玩，那時他的大女兒不吃飯，我的小孩餵她才吃。現在兩個都大學生了。有一次禎和提起這件事，自己笑起來，笑得有點像老鐵匠的風箱。不，這些都是雞毛蒜皮的小事。至少我應該補充地說：

「文學在今天的臺灣，因為人的物化而沒落了。在這樣的情形下，像王禎和這麼優秀的作家，我們都留不住，這是我們社會的一大損失。」

原載一九九〇年九月十六日《中國時報・人間副刊》

記憶裡的紙條

懷念沈登恩

可能是年紀大了，寫一篇東西有時連熟得不能再熟的字，一時卻想不起來；有的根本就寫錯、記錯、忘了。好不懊惱啊！對人也是一樣，到一把年紀了，由認識的人而成為朋友的也不少。然而，經常在某些場合，有一張對著你笑咪咪的熟面孔迎面走來，心裡卻為了忘了人家的姓名，急得有些難堪。還好，沒老到連難堪也不會。現在在我的記憶中，能夠記起來的朋友，能夠將他們的名字和面孔配對起來的，恐怕已不上百了吧。

前些日子，沈登恩先生的夫人，還有應鳳凰小姐，計畫為沈登恩先生出一本紀念集子，邀我也寫幾個字。我一反過去，一口就答應下來。因為一提到沈登恩，我不必在腦子裡忙著配對連連看，他的身影很快就浮現了。一頭不算短的頭髮，大半部分都往右額頭斜貼，談話間時而下意識地用手往右上撩撥一下，他的眼睛細長不大，像他的嘴微微笑著。但那要看對什麼人，要是讓他覺得此人驕傲自大，他理都不理地掉頭走人，即使下次有碰面的機會，除非此人前嫌不計，先向他招呼，不然他還裝著沒看見。相當有個性。

我們相識的時候，是「遠景」初創時期，他的穿著沒什麼改變，高中便裝制服的上衣，橄欖色的卡其長褲，一雙不常上油的軍訓皮鞋，一只寬帶的學生書包，好像什麼重要的東西，像是支票印章、合約書之類，都裝在裡頭，身影不離地斜掛在肩上，騎著一部舊機車跑來跑去。後來「遠景」的事業愈做愈大，要接洽的人、要找的作者也遍及海內外，我又是一個讓他鼓勵不起來的作者，停筆一陣子，我們就少見面了。不然在明星咖啡，只要他見了我，就偷偷替我付錢。

在我初期的寫作生涯，沈登恩對我而言，也是一位重要的朋友。我的作品能像個書樣，還能在海盜版成市的出版界，得到合理的版稅和保障，是從他開始的。並且他的行銷宣傳和鋪書關係，好得讓我的《鑼》、《莎喲娜啦．再見》，還有稍晚一點的《小寡婦》得到版稅收入，使我們當時一家三口的生活，鬆了一口氣兒。

記得出書之前，我和沈登恩的關係也不是那麼順利。首先我對當時的出版業界缺乏信賴感，二方面也不覺得我的作品成書之後會暢銷，再加上自己也有說不上來的怪癖，所以我們言談之間熱不起來。我們前前後後，在明星咖啡，在我北投家見了四五次面，當時沈登恩的耐心，叫我當時還沒完全擺脫鄉下人的土裡土氣，心裡已經禁不起他的熱忱和客氣，害我自責自己何德何能，讓人如此這般。再這樣受他恭維下去，不折壽才怪。我心裡是這麼想，到嘴巴還是謝絕了。

過了幾天，我下班回家，看到門板上貼了一張字條，鋼筆字寫得很工整：

春明先生：

您的小說眞的很棒。出您的書縱然會賠錢，我都願意。我們的年輕讀者需要您的小說。您好好想一想。我由衷期待您的好消息。祝

愉快

遠景

弟

登恩敬上

我前面說我記性不好。怎麼當時的字條還記得那麼清楚？是不是往自己臉上貼金？字條呢？如果要這樣追問下去，最好是拿出那一張當時的字條。可惜我辦不到。人的記

憶與輕重也有關係吧。我當時看完字條就被大大地感動，推開門進到屋子裡，就打電話連絡沈登恩。那晚外頭還下點雨；北投特別比臺北多雨，嘟嘟嘟的機車聲在門口停下來，隨著沈登恩也進來了。他從書包裡拿出合約書、印章和印泥，沒一下子的工夫，一切就這樣敲定了。遠景就從我開「鑼」，沒幾年的時間，海內外華文的讀書界，無人不曉得遠景出版社和沈登恩先生這個人了。

邀稿的應小姐還不敢，沈太太就對我說，你想罵沈登恩幾句也沒關係。

我哪裡能夠？感謝他都來不及。為沈登恩先生出一本集子紀念他是值得的。當時他對臺灣的出版業，抱著遠大理想的遠景；為苦悶又迷失的讀者，推開戒嚴時期的部分藩籬，讓他們聞到外頭新的訊息和新的潮流，而逐漸擴展了視野。為作者提供多元的出書機會，保障了他們的版權與版稅，同時也為出版業界，做了出版業者與作者之間重建合理共生關係的榜樣。這對今天的臺灣出版界，多多少少都有了影響。

在工作上，沈登恩就等於積極、勤勉、耐心、敏銳、堅持等等的總代號。他閱讀的書，交往過的大師級人物，在他當時的年齡，很少有人比得過他，他確實也是一個大人物。只是一般人只注意外表和頭銜而已。

原載二〇〇五年六月廿七日《自由時報・自由副刊》

和蕭蕭一起玩現代詩

拜讀七月十七日蕭蕭先生的大作〈你也可以玩現代詩〉之後，未玩就覺得有趣。真的我也可以玩現代詩嗎？我回過頭再看標題，回問了一下。也懷疑了一下，問自己有沒有聽錯。但是蕭蕭先生具體地列舉了他的高足所寫的詩〈溫室效應〉，全詩以森、林、木、十等四個字，各字兩行排開。就這樣的一首詩就把溫室效應造成的後果，淋漓盡致地呈現出來。我受了很大的鼓勵。原來我的作文還可以，但是唯一寫不來的就是詩。現在我不再為詩苦惱了。看！我也來一首：

凹凹凹凹凹凹凹凹凹凹凹凹

凹凹凹凹凹凹凹凹凹凹凹
凹凹凹凹凹凹凹凹凹凹凹
凹凹凹凹凹凸凹凹凹凹凹
凹凹凹凹凹凹凹凹凹凹凹
凹凹凹凹凹凹凹凹凹凹凹
凹凹凹凹凹凹凹凹凹凹凹

我用七十六個凹字把一個凸字包圍起來，標題叫做「陰盛陽衰」，或叫做「皇帝」，再或是把字湊成數叫「三十六宮七十二院」。實在好玩得很。如果把上列的詩，凹凸二字調換一下，標題也可以叫「花木蘭」。因為花木蘭女扮男裝代父從軍，軍營盡是男人，唯有她是女人身不是？原來現代詩是這麼好玩又好寫。就憑凹凸這兩個字的排列組合，我還可以寫好幾首哪。真妙啊。

另外蕭蕭先生又舉詩人陳黎的〈戰爭交響曲〉，說全詩一千兩百個字，以四百個「兵」顯示軍容盛壯，四百個「乒」或「乓」交錯，呈現戰敗慘狀，缺手斷腳、零零落落。四百個「丘」，四百個「墳墓」，終結所有的人與戰爭。呀！這實在厲害，如果再多一些乒字，乓和乒多交錯些，象徵墳墓的丘當然相對也多起來。那更悲慘。我知道陳黎很忙，我老人家有的是時間，我攤開數萬卷宣紙，用毛筆寫了四百萬個「乒」、四百萬個缺手斷腳的「乒」和「乓」交錯，還有四百萬個「丘」字。然後把它從萬里長城的山海關貼到嘉峪關一看，我不禁痛哭涕零。實在是壯觀又悲慘。另外，我意外地發現了特別的效果是，我毛筆字向來沒把握，四百萬個「兵」字，沒有一個字是一樣的，有大有小、有歪有斜、有胖有瘦、有高有矮，簡直與世間人像相似。當寫到「乒」和「乓」交錯的四百萬字時，我已腰痠背痛，拿筆的手直發抖，眼花撩亂，寫起來的乒、乓豈止缺手斷腳，有的頭體分離，有的忘了寫第一筆，竟成無頭屍的冤鬼，有的肚破腸流，有時候墨汁散滴，也變成嗜好腐屍的蒼蠅。到最後寫「丘」字，那更不像樣了，有的不成形，有的草草了事，有的還忘了蓋土。想一想，也沒錯。四百萬個墳墓，誰挖得了那麼多的坑洞。但是，就因為這樣，才顯出《戰爭交響樂》第一樂章的壯大、第二樂章的悲慘和第三樂章的虛無蒼涼，以及第四樂章的空白，更有哲意——人啊！沒想到詩，特別是現代詩這麼好玩，並且詩如果不用電腦打字排版，用手寫，字寫不好的，有時效果更佳。我還有一個發現，除了日本字的巧合之外，世界上任何文字都沒有辦法翻譯上列的幾首玩出來的詩。

人類越來越聰明，現代的人比古時候的人聰明有創意。就拿詩來說，中唐時代的賈島，為了「推」和「敲」兩個字就推敲了半天，大師如韓愈也一樣，和賈島又一起推敲了半天，最後大師覺得「敲」字比「推」字好，所以「敲」字就出現在：鳥宿池邊樹，僧敲月下門。「推」字就這樣費了一番心機才被敲字把推字「推」掉。其實賈島也曾經當過和尚，每天的功課除了唸經還得敲木魚，這已經變成習慣了。用慣性定律來看，和尚見了門先敲再說了。怎麼還中規中矩，要四平八穩找對仗，照平仄填入字詞找韻腳等等，作繭自縛，實在太麻煩，太死腦筋了。我正玩現代詩玩得高興時，家裡那個小學三年級的詩人，用毛筆寫了三個大小不同的大「雷」字，接著往左長短不一的，把小小的小「雨」字寫上幾行的詩遞給我。我一看就知道。我說：「雷大雨小。」小詩人搖搖小腦袋。「三聲無奈」說罷，小詩人從我手上抽走了他的詩作，連看我一眼都不看，不屑地轉身走開，還一路撕掉他的詩成為紙屑，在甬道的拐彎處往後頭一拋，像花瓣紛紛落地。

看了近日《自由副刊》蕭蕭先生的「大島小調」〈你也可以玩現代詩〉，玩興一發草了一篇玩笑，其實沒壞意，蕭蕭先生是令我尊敬的前輩，他的詩寫得很好，只是一時看到他輕鬆可人的一面，就跟他玩起來而已。

原載一九九九年八月四日《自由時報・自由副刊》

謝謝白髮老館長

有人找我談談生活、閱讀和圖書館的關係，我能說什麼呢？借一個故事來說說好了。將近二十年前了，記得那一年受邀訪問琉球（日本沖繩縣），石垣島也是行程的一站。

在石垣島當地的圖書館有安排一場我的演講，據說這家圖書館修建得既傳統又現代，為了好奇，我就一個人悄悄提前去參觀。通常演講者到演講的地點，演講一完，很快就離開，所以很多演講過的地方，留給外地演講者的印象，大致上都沒什麼區別；講臺、麥克風和燈光，至於外面的環境都沒時間留下什麼記憶。

這一天早上，圖書館一開門我就到了。我和幾個早到列隊在門口的人，有學生、有媽媽帶小孩、有老人等等，排在我後面的人還有十來個人，門一開，就有一個個子矮小、一頭白髮的老人，笑咪咪地走出來，站在門口的左手邊，對著每一個走進館的人道早安，如果是相識的老人家就先呼名再道早安，甚至於對小孩還會寒暄問候有沒吃早餐？要是稍陌生的人，他就很客氣地用很恭敬的「敬用語」道早安，對我就是那麼客氣地問候。在一般生活中，遇人問候招呼寒暄，那是「嘴椅嘴茶」再怎麼都不會傳到心坎裡，但是這位老先生的問候，卻讓我冷不防地被電到似的，很有感覺。

後來，我等到他要離開門口時走近他，請教後，才知道原來他是館長，每天開館前站在門口向來館的圖書館朋友打招呼，是當館長的他自己訂給自己的規矩，每天圖書館開門十五分鐘，四十多年來不曾間斷；晚上關門前十五分鐘，他也會站在門口向離開圖書館的人打招呼說謝謝。

詳問他的道理，他說他在管理圖書館，他的圖書館有人喜歡來，那就是肯定他的工作，肯定他的工作意義，也肯定他的人，這樣的朋友怎不叫他感謝？第二是，來圖書館看書找資料的人，都是在追求向上進步的人，對這麼多追求向上的朋友，怎不叫他敬佩？

他又說，來圖書館的人，都像是進來充電的電池，每一個充完電後的電池，帶著能量回到家，回到各個不同的工作，發揮能量完成心願，美夢成真。

圖書館有這麼神奇嗎？他說：圖書館是非常神奇的地方，比月光寶盒還要神奇得多。圖書館是集古今中外天下最有智慧、最有學問、最有經驗、最有愛心的、最會說故事的人的腦袋，蓄存在裡面，它是世界上最豐富的大腦袋，只要我們一般人，肯撥時間進到裡面看書，或是借書回家閱讀，我們就有機會跟很多我們尊敬的智者先賢討教獲益。

老先生說：要閱讀啊！唯有閱讀留在我們心靈裡面的東西，那才是財產。人類祖先留下來的龐大遺產，全都在圖書館，這些遺產誰都可以來取用，手續很簡便，不用擔保、不用認證，只要你肯閱讀，你要多少（閱讀多少）就給多少。

對了，圖書館也是全世界最大的智庫銀行，裡面所有的蓄存都可以是你的，你不信？請你進去閱讀之後你就知道……。

謝謝白髮的老館長。

原載二〇〇八年九月公共圖書館輔導團電子報《圖書館讓我說》第一期

用腳讀地理

我九歲那一年，我們浮崙仔那一帶發生雞瘟，所以那一陣子，祖母那一輩的老女人，天天盛行吃紅肉。就是捨不得丟棄死雞，把病死的雞也撿來吃。因為病死的雞沒有辦法放血，血液很均勻地分布在死雞的每一個細胞裡面吧，這樣的雞肉一切開是血紅的。但是，說吃死雞肉多不好聽，說是吃紅肉就好聽得多了；紅又代表吉利。另方面，紅肉加老薑、米酒和醬油紅燒，味美不輸活雞。吃慣了，還有人專找死雞哪。

四、五十年前，當時農業社會的臺灣，婦女不但沒有什麼社會地位，在家庭也高出不了多少，年節拜拜的雞肉，也輪不到她們吃。最多是雞頭腳仔這些皮骨的部分而已。所以三不五時來一次雞瘟，對那時的婦女來說，不能不說是老天的垂憐啊！

記得當時養在我家天井，有一隻母雞快抱蛋，牠卻沒趕上流行病，祖母寄望牠孵出一窩小雞，可是在鄰近方圓找不到公雞交配，平白連著兩天下了兩個蛋，可急死祖母。

那一陣子的早晨，不知有多少人因為聽不到公雞此起彼落的啼叫，而睡過頭挨長輩的罵。到了母雞下了第三個白蛋，祖母問我知不知道哪裡有公雞？這算她找到貴人了。她一聽我說知道，就去把母雞抓過來，用她早已準備好的，一根和黏了香末那一截香一樣粗細的麻繩，綁住母雞的一隻腳，另一端縛牢一隻木拖板。這樣的安全措施，為的是讓母雞找到公雞之後，不易跟公雞雙飛，叫我抓不到牠回家。一般來說，大人有好多事情要小孩子幫忙的，大部分都不好玩。沒想到這次竟然是這麼有趣的事，要我抱母雞去找公雞那樣。那一天是星期天，中午我飯吃得特別快，祖母看我這麼勤快地願意為她完成近日來令她最焦慮的心願，突然覺得我不盡然像平時那樣，只是讓她生氣的壞孩子，乖起來是這麼地得人疼。她勸我多吃一點飯，意思是要在祖父的肉鍋裡面，撈一塊肥肉給我。我沒吃飯，只吃了那塊肥肉，抱著母雞就出門去了。

我完成美滿任務的時分，已是家家都在吃晚飯了。我雖然走得滿頭大汗，還是覺得玩得很高興，並且清清楚楚地看到雞在交配的細節，那是我到學校可以讓同學仔細聽我講話的話題，講完了還可以看到他們對我的尊敬。有好多美好的想像，在腦子裡放映。另外，我這一趟路又發現好多的田蟹已經出洞曬太陽了。遠遠看到家裡的屋頂，越接近家，心裡的成就感越踏實。當滿懷成就感如氣球充了氣的我，一踏進門興奮地叫一聲：

「阿媽！」出來的竟然是大妹。她警告我，說祖父母兩位老人家，還有伯父和舅舅他們，分頭到處去找我。我好納悶，同時也覺得大人實在太奇怪了！沒事找事！母雞要找公雞找到了，交配也交了，我看得清清楚楚的，我人也回來，只是稍晚了一點。但是這一趟路就是要一個下午。我把母雞放回天井，心裡嘀嘀咕咕數落家裡的大人，找到心理上的平衡點。要不然，滿懷的成就感盡失而只有失落了。

不多久，心狂火熱的祖母回來了。她人還在門口，聲音就撞進來了：「阿明轉來無!?」我一聽趕緊拿起碗筷，坐在中午吃剩的飯桌上，裝著吃飯的樣子。在我的經驗裡面，祖母不曾在小孩子吃飯的時候打人。記得有一次媽媽還在世，吃飯的時候，我叫弟妹他們把粉絲吞到肚子裡，然後再把粉絲拉出來，這樣反覆地玩，結果害弟弟嗆到，吐得滿地，鼻腔裡還塞滿了食物。這件事讓在廚房忙的母親知道，她生氣地將我從飯桌上拖下來，準備修理我一頓。好在祖母出現，她說：「小孩吃飯皇帝大。要打等他吃飽。」這句話讓我逃過一命，我知道。果然不錯，祖母一進到飯廳，見了我還滿君子的，只動口不動手。「我叫你抱母雞去找公雞，你是死去哪裡！」

「有啊！找到公雞啊！公雞騎到母雞上面，母雞……」我準備詳說證明確實完成任務。話被打斷了。

「好啦！免講那麼多！你到底去到哪裡找公雞，找到這麼晚才回到家!?」

是深埋在心底的那一份愛鄉土之情，會轉換成土地對他的呼喚，而讓浪子回頭。我個人的成長和經驗，可能是一個比較容易讓人明白的例子。

我八歲那一年暑假，母親感染霍亂病逝。她拋下我和四個弟妹，最小的么妹還是一個嬰兒，出生才五個月。她好像比我們更懂得要找母親，那一陣子特別愛哭，一哭就哭個不停的時候，連左鄰右舍的好厝邊，也覺得心情有一份說不出的煩悶。照顧我們五個小孩，是一個很沉重的擔子，它分秒不放鬆地壓在祖母的肩膀。但是重擔裡面，最有分量，量重最煩人的算是我。我不但不幫忙招呼弟妹，還動不動就作弄他們，非把他們弄哭不成。有時候像添柴火，被弄哭的弟弟好容易才要停下來，只是他哭了不好意思一下子就不哭，所以為他那小小的自尊心，把哭聲逐漸減弱然後才淡出，就在這時候再作弄他，加些柴火讓他重頭哭起。除此之外，自己也經常出狀況，讓祖母常為我疲於奔命。有一件事，祖母已經沒有機會諒解我，當時我又說不上我那麼愛作弄弟妹的因由。只是隱約地知道有一種感覺，叫我禁不住去動他們。現在我才知道，是因為他們長得很可愛，我愛他們，讓他們哭一哭也很好玩。聽起來，簡直是一派胡言亂語的歪理。但是請不要忘了，那時我還是一個才八歲的小孩的想法啊。然而祖母卻一直認為，我是一個壞囝仔，在家只有「凌遲大、凌遲小」。她狠狠地打完我之後，總是有一句話不會忘了罵：「你出去死，不要回來！」我知道祖母只是說說氣話。但是，我也覺得頂冤枉。怎麼冤枉又說不上。當時會一邊拭淚，一邊撫摸身上的傷痛，一邊在心裡下決心告訴自己：好！我要出去，不要再回來了！這樣的決心已經下過不下百次，我也一直在浮崙仔的地方長大。兒時我的挨打，也有示眾殺一儆百的作用。讓弟妹他們看了，心想，那麼厲害的大哥領袖，碰到祖母還不是孝男一個，只有哭和求饒「叫不敢」的份。因此，能在外面多玩就多玩，非不得已要吃飯和睡覺才回家。就因為這樣，我用我的雙腳讀遍了我出生地羅東，還一再地複習。讀爛了，也讀讀外沿的地理：北到蘭陽濁水溪為界二結、東到近海的補城地、利澤簡，南到九份仔、砂仔港冬瓜山，西到廣興、邊仔頭。到那些地方去，不是捉魚就是找鳥巢，有時候抓昆蟲和拾穗，或是撿番薯和花生。經常去認識一些新的東西回來。要不是這樣，我怎麼能夠抱母雞，從浮崙仔老遠地跑到補城地找到公雞。

這又怎麼樣呢？這就證明我對出生地很熟悉，我認同我的出生地。那又怎麼樣呢？這也證明榮格他的話至少對我來說，沒錯。他說一個人對自己出生地有了認同，人格的成長才不會受到扭曲。這是以積極面而言，我是從消極面來證明；我曾經在家是壞孩子，在學校是壞學生，被四所學校退過學，民國四十七年屏東師範畢業。那時候的屏東對我們宜蘭人來說，遙遠得很，連做生意的人也沒踏腳到。事後我並沒怎麼變好，但是也沒變壞下去，因為在坎坷的成長過程中，在心底的深處，我聽到呼喚。這一聲，或是聲聲的呼喚，像母親終於把迷途浪子喚回頭了。

讓我們的孩子，用他們的雙腳，讀一讀自己出生地的地理吧。真的，好處多多哪。學校的老師不妨在暑假的作業上，安排一個功課，請小朋友把家裡到學校的路連連看。沿途的店家，或是建築物，或是什麼樹夾在這條路上，把它寫出來、畫出來。越詳細越好。要不然，在這樣的一條應該最熟悉的路都不知道，還讀什麼國內地理、國外地理呢？目前青少年的犯罪率，愈來愈普遍，犯罪年齡愈降愈低，這是不是證明我們的下一代，正面臨認同的危機，也就是他們人格的成長將受到影響呢？

原載一九九九年三月十八日《聯合報・聯合副刊》

羅東味

做為一個地方，羅東確實是很有味道。相信三十歲以上的羅東人，不管他移居到何處，他可能忘了兒時母親的體臭，但是他一定還記得，平均樹齡都在八百年的扁柏、紅檜、亞杉、香杉、唐松、肖楠所散發出來的羅東味。隨著回味那種香味，很快就回到柴香瀰漫的羅東。

在那時候，從臺北回羅東的最後一班火車，車子才過四結不久，一位住羅東的瞎子，站起來摸棚架上的行李。旁人問他怎麼知道羅東到了。

他笑著說：「那麼傻，用鼻子聞也知道。」

羅東之所謂羅東

其實，羅東之所以成為一個獨特的、有特色的地方，應該跟日據時代大正十三年（一九二四年，也即是中華民國十三年那一年）的一月，土場與羅東之間的森林鐵路開通，將太平山的木材，轉移到羅東做為集散吞吐的中心，有絕對的關係。羅東也就在這個時候，開始動起來，開始有自己的面貌。

這種一個地方動起來，活起來的情形，我想借〈看海的日子〉裡面，寫「魚群來了」的一段文字來比喻。

當海水吸取一年頭一次溫熱的陽光，釀造出鹽的一種特殊醉人的香味，瀰漫在漁港的空氣中，隨著海的旋律，飄舞在人們的鼻息間的時候，也正是四五月，鰹魚成群隨暖流湧到的時候。三月間，全省各地漁港的拖網小漁船，早就聚集在南方澳漁港，準備撈取在潮頭跳躍的財富。而漁船密密地挨在本港和內埤新港內，連欠欠身的間隙都沒有。人口的流動，使原來只有兩三千人的漁港，一時增加到上萬人。其中以討海人占最多；那些皮膚黑得發亮，戴著闊邊鴨嘴帽的，說起話來很大聲的，都是討海人。還有臨時趕來漁港擺地攤的各種攤販，還有妓女，還有紅頭的金色蒼蠅，他們都是緊隨著魚群一起來。……

自從民國十三年一月，太平山的木材滾滾滾到羅東之後，就像魚群來了一樣，好多人，好多事物都緊跟著來了。伐木工人、製材工廠、製材工人、板車伕、木材商、酒家、妓女戶、戲院……隨著人口，隨著較好的購買力，羅東就這樣生動而豐富起來。

稍往後的日子，羅東街上的幾條道路，主要過往的車輛，不是拖巨木的板車（那時叫「LIYACA」），就是運材的卡車。從比例上來看，當時這些車輛的過往數目，不會輸給今天的砂石車。這些車輛運進來的是原木，輸出去的是從製材工廠裁好的木材。可是，利用森林鐵路和大火車的運輸數量更多。當時，木材是蓋房子、造船和做家具的主要材料，還沒什麼代用品，需要量很大。所以分布在羅東火車站附近、竹林仔、五結路仔火車路腳和阿東社一帶等地區的製材所、鋸木工廠，日夜不停裁鋸木材。一棵直徑一兩公尺長的樹幹，一進到工廠，從縱剖橫斷，裁成大大小小不一的角材和板塊，不知道要經過多少遍一來一往的裁鋸，而那架在機器鋸臺上長長帶狀的鋸板，它的鋸齒，讓小孩子看起來，心裡就害怕，想像中，那是大妖魔鬼怪的大鋼牙。所有太平山、直到後來的大元山的大樹，都要經過羅東製材工廠的大鋼牙，啃咬細嚼，嚼出沁入密密的年輪裡面的香味，溶入羅東的空氣。

散發在羅東空氣中的濃郁香味，持續了五、六十年，到二十多年前，太平山、大元山的樹砍光了，森林鐵路廢了，鎮裡雖然還有幾家製材廠，但規模和量都不能與昔日比，並且木材都是國外進口的，沒有我們的扁柏和檜木香；就這樣，那種特有的、代表羅東的羅東味就逐漸消散了。隨著羅東的特殊性、獨特性，生活文化、經濟活動、消費形態、社會性格、地方風情和景觀，以及可以讓羅東人，拿來向外人誇耀的種種事物，都漸漸不見了。縱然有的話，敍説中，都要加上多少年前這樣的語詞。

在這一段特殊歲月前後的羅東，前者和臺灣中期的農業社會裡的其他小鄉鎮，並沒有什麼特別的差別；後者的羅東，也就是現在，它已經和臺灣所有均一化的城鄉，更看不出異同之處了。

鋸屑灶

在那有羅東味的日子裡，有一項生活方式頗為特別，除了方法，它的普遍化也算特別吧，要像羅東那麼樣地普遍，在臺灣恐怕沒有。那就是鋸屑灶，燃鋸屑（燃唸Hnia）。

廚房過去我們叫灶腳。裡面最占位置的東西，就是搬磚頭進來砌在裡面的灶，農家的灶，要比街上人家的灶大得多，通常一座灶經年累月，要吞食的柴樹乾草，其量非常大。這種情形，在普遍貧苦的日子，柴火的費用不算少。所以當羅東製材工場，每天裁鋸木材，所留下來的鋸屑麩（Hou）堆積如山時，羅東一般家庭廚房的燃料，算是有新的來源了，因而過去燒柴火的灶也有了改變，將一般的灶肚稍做更改，就成了燒木屑的「鋸屑灶」了。

燃鋸屑灶比傳統燃柴的灶方便。只要裝好一灶的鋸屑，就可以使用三餐，並且省得三餐都得生火，生了火也免坐在灶口顧火。原來的鋸屑是廢物，現在能賣錢，高興都來不及，價錢不敢拿翹，所以比起木頭的柴火便宜很多。燒起來又乾淨，放在家又不占位置，沒了，隨叫隨到。這麼一來，羅東的一般家庭，紛紛改灶。同時也有好幾家腦筋動得快的，馬上研發出比傳統灶小四分之三的，規格化，可灌模生產，又可以搬運的鋸屑灶賣。灶可搬運，在那時候是創舉。記得羅東浮崙仔往神社附近，右手邊的空地，還有羅東操場的草埔尾，都堆放著灶面上紅顏色，張著一大一小的鍋口在那裡發呆的鋸屑灶。

當時燃鋸屑灶的普遍，從羅東擴展到鄰近的衛星鄉村二結、四結、五結、順安、冬山等地。這時候，另一種行業也隨著興起。那就是「拖鋸屑」；專業的用四片欄板圍欄起來，載鋸屑送到用戶家的板車、板車伕。每天都可以在羅東的大街小巷，看到拉鋸屑的在穿梭。高貴的木材被裁開就發出濃郁的香味了，鋸成一堆的木屑山，跟空氣的接觸面更大，香味擴散得更濃，再經過拖鋸屑一車一車、穿梭在羅東的大街小巷，幾乎是把香味送到家，而這些鋸屑就像敬神佛的檀香，其實它就是檀香的一種，只是店裡賣的檀香磨得細，論斤計兩在賣，羅東的鋸屑檀香是論堆論車在賣。檀香未燃之前，聞起來就很香，鋸屑也一樣，然後再點燃敬神佛時，更香。想一想，羅東的家家戶戶三餐都用檀香燒飯的情形，怎麼叫羅東不會有味道呢？有人說：

「羅東廟裡的神明最靈感。」

「為什麼？」

「我們一年到頭都在燒檀香敬拜啊！」

另外，值得一提的是，特別是在今天，我說我們羅東人，當時用松羅（檜木）釘雞欄和豬圈，一定沒人會相信，特別是愛檜木如命的日本人。臺灣已經沒檜木了，貴得像金子，所以山老鼠，冒著生命，也要把僅存的幾棵紅檜、紅豆杉偷伐下來。

其實，羅東很多的舊家具，大櫥小箱，都是用松羅做的，至於雞欄豬圈，那是當時從工場的鋸屑堆裡，找出來的邊材，比較長的就可以使用。如果這些邊材留到今天，一定很可以賣錢的，那時和鋸屑一樣，工場的人眼睛一瞟，量多的話，隨便說個價，量少，只是一堆可抱著走的話，他連說都不說，頭一仰下巴一挑，叫你抱著走開。

以前養雞養豬很普遍，連居住在街上的人也養，羅東人也不例外。養雞要雞欄，養豬要豬圈，找東西來釘吧，羅東人不找檜木也難。這是結構問題，不是羅東人奢侈浪費。

至於用松羅燒飯，那也是一樣；埋在鋸屑堆裡面的邊材，長條的被找去釘東釘西，不規則的塊狀，挑出來做柴火。當然，從今天來看，這些不規則塊狀的松羅，照樣可以賣好的價錢。

剝柴皮

還有一個現象，只要山上的原木一進積木場，或是被運到製材所的空地，再或是積木場的木材被工人翻動，從羅東各地來的小孩，肩挑空籮筐或其他畚箕，手拿一把特製而簡單的鐵剔，聚到那裡，各占木頭，搶剝樹皮。原木如果還是濕的，樹皮只要剔個頭，小孩子用雙手出點力，即可撕下大片的樹皮，如果原木是乾的，樹皮硬，剔都不易剔個口，撕更不用談。所以小孩子要搶占的時候，第一要先看哪一棵原木皮多，第二要找濕的好剝。就憑這兩樣剝樹皮的先決條件，他們就搶得劇烈，常常開打，打得頭破血流。

這些小孩子剝下來的樹皮，大部分拿回去當柴火。有時候剝到香杉之類的香木，它的皮也很香，就賣給香店去碾磨做香。也有在挑著回家的途中，被買走的，如果這孩子能夠回頭再剝一擔樹皮，剛賣的錢就算他的私房錢，不然的話，錢交家人，還會挨打。因為小孩子的如意算盤打錯了，以為再剝一擔不難，渴望成交，很便宜就賣掉。

由於這些剝柴皮的小孩，來自羅東各地，他們剝回去的樹皮，大部分都未乾，所以需要日曬。因而除了大街，其他的馬路旁，或是矮房子的屋頂上，都曬有樹皮，還可以聞到這些樹皮散發出來的陣陣羅東味。

另一種羅東味

木材給羅東的經濟，帶來活潑的活力，外地人也滾滾進進出出，特種行業例如酒家、妓女戶，還有沒有執照的「暗間仔」，也都應運而生。

有一陣子，當地的分局，特別關照特種行業，把裡面的小姐，叫做侍應生列冊保護，當然，暗間仔的小姐不在列。不知怎麼規定的，好像每一個月，她們到衛生所檢查的那一天下午，她們要穿制服到羅東運動場，點名操練。

每到那一天下午，平時很難到操場的鎮民，特別是男人，他們來了，有些太太們也來了。她們常聽先生的友人說，什麼什麼閣、什麼什麼香的某某小姐有多美麗，什麼某某小姐有多肉肉，倒是很想看看廬山真面目。有那麼多人會來的盛況，零食的攤販，早就排在操場的一邊了。就這樣，除了開運動會，再來就是這一天最熱鬧了。

從事特種行業的小姐，面對警察的姿態都很低，警察要她們來，她們不敢不來，要她們穿制服，她們不敢不穿。她們頭戴白色運動帽，身穿白色長袖襯衫卡其褲，腳穿白色運動鞋。一集合起來也有四五區隊，一、兩百人。這是有執照的，沒執照的不會少於這個數目。那時羅東才三萬多人口，這個數字的比例，讓羅東在臺灣領了風騷。

最有趣的是，要這些小姐站好，好像很難，還不到要求抬頭挺胸縮小腹收下巴。因為從旁指導她們的義警，差不多都是她們的恩客，你嚴厲地叫口令，她扭捏一下，指導員就馬上破功。到最後，這些人只好靠過去說：

「拜託，不要這樣嘛，等一下分局長來，你們要好好做。」

「黃桑，你好久沒來店裡了。」

「好了好了，我會找朋友去。」黃桑退後幾步，認真地喊「立正——」

有沒有用，另外一回事，口令總該喊一喊吧。外圍的人，只看到這些小姐的立正，雖然不英武，但是卻有幾分撩人，好好玩。向後轉更好玩，有的從右轉，有的從左轉，結果不都是向後轉了嗎？這些男人假正經什麼。小姐們在竊竊私語。

「不要講話——，聽到沒有——。」

小姐們在心裡面嘀咕：「我們沒有講話啊，我們只是笑而已啊。」

反正整個過程很像早期的義大利片。

分局長來了。要她們開步走，繞場一周。這個時候，只要在場看熱鬧的人，都聞到明星花露水和她們的香汗混在一起的，另一種羅東味。

尾巴

木材業過去了，年輕一代的羅東人，對我們前不久的生活知識，提出很多很多的質問：什麼鋸屑灶？裝鋸屑？鋸屑柴？羅東味？羅東味是什麼樣的一種味道？

當然，我們不希望羅東的味道一直不變，但是，這一代也應該有他們獨特的什麼吧。這樣的事，越來越難了。不過不是年輕人的錯。

原載一九九五年三月廿五日《中國時報．人間副刊》

大腸的味道真美

那時候的臺灣還沒有抽水馬桶，城裡小鎮的住家都有一口糞坑，待肥水滿潮，鄉下的農夫就會搶著來掏糞挑肥。那時候有不少住家以儲蓄的觀念，不計勞力成本，在後門緊挨廁所，簡單闢一個小圈養豬。上廁所解便時，豬隻都會靠著欄柵仰頭，拱嘴上的兩個大鼻孔朝著你，像吸塵器急促斷斷續續發出聲音，這樣的情形久了，我們小孩子也習慣了，嚇不了我們，反而覺得好玩，隨手撿起竹籤搔豬鼻孔。豬總是猛力地嗅著人在解便時空氣中的美味，至少牠們是這麼覺得吧。

有一天我們家的四頭豬仔，越過欄柵，其實是撞壞欄柵偷跑出來覓食，那也是常有的事。其中有一隻在尾後，用牠的拱嘴撬開生鐵鑄成的糞坑蓋，天暗不見光，撲通一聲就掉進肥水成為醬豬溺死，被發現的那一天早上，這新聞可大了，右鄰左舍的人都圍來看熱鬧，聽飼主阿公做現場的轉播，並分析上述事情的經過。他的推理情節簡單合理，一切不怨天不尤人。

一頭五、六十臺斤重的豬仔，讓平時不易吃到肉的人，想起來就感到有呑不完口水的可惜，據阿公的判斷，他說他昨天傍晚出去看野臺戲，出門前還看到牠們，散戲回來時已經晚了，沒注意。這樣到了早上發現，這頭豬仔溺死的時間不會超過十一、二個鐘頭，不長不長，肉還不至於敗壞，丟掉可惜。圍觀的鄰居也都這麼認為。於是大人自動地幫忙起來，他們聽命阿公的指揮，提水的，沖洗死豬的，生火燒水的，磨刀霍霍的，找板凳和門扇板的，過程中遇到的幾個問題，例如死豬的外體是沖洗乾淨了，但是口腔沖洗時，灌進去的是清水，溢出來的是肥水。

阿公說不灌了，反正腸子和肚子不吃就是了。到了開腔剖腹取內臟時，又發現豬肺也撐暴肥水。肺也不吃就是了。腸子、肚子和肺葉都被拋在一旁，整個工作不到兩個小時，就照阿公的意，敦親睦鄰，將肥水醬豬，分成二十幾堆肉，同時做了同一數目的籤，讓鄰居們抽籤，紛紛帶回家去，最後連被拋在一旁的肚子、腸子和肺葉，都不知給誰帶走了。

通常處理這種死於非命的雞鴨豬羊，大量的老薑母和醬油是不能省，要壓味，晚餐的時候，幾個小孩的碗裡，一大塊一大塊的肉，慷慨地落在他們的碗裡。但是大家一反平常搶嘴的習慣，我們都先觀望別人吃，要看他們吃起來的表情，再做判斷決定能不能吃。奇怪的是連阿公也只觀望而不動筷子，他還問我們小孩怎麼不吃？我們五個弟妹互相看了看，看看碗裡的肉都笑起來了。一直忙個不停的阿媽一坐下來，不吭一聲挾起肉就放進嘴裡，她的從容帶動阿公，然後才由我們最小的妹妹開始吃起來，我是最狡猾的，等到看到大家吃得好像真的不錯吃的樣子，我才吃了起來。但是我咬了一口，就像被燙痛了嘴，把口中的肉吐出來說：「有大便的味道！」阿公拿起筷子往我頭一敲，「你命沒那麼好！歪嘴雞還想呷好米。」

「什麼屎味不屎味，把它想作吃大腸不就好了嘛。」

編按：本篇原載於二〇〇六年二月廿七日《自由時報・自由副刊》，以「黃回」之名發表。

大地上的三炷香

縱然是一個小市鎮，住在那裡的人，也未必把那裡的大街小巷街弄，全都給穿梭過吧。當然，有些特殊的，例如這裡，前些年還有一條叫做「紅毛土路仔」，它除了就近的幾家住戶非得出入經由，一般人是不走那裡的，那裡是私娼聚集的柳巷。當時有些青少的男孩，只為了證明自己也長大了，像儀式似的，不尋花也偏要走一趟，讓沿巷挨家的鶯鶯燕燕，拉拉扯扯招呼，同時也讓她們的諢話，挑逗得心慌之後，摸摸自己的心跳，看看自己被燒紅的臉頰。然而這些人算是比一般人多走過一條路，這並不表示小鎮所有的大街小巷都有人走透了。生活上沒有必要，或是沒有機緣，有些路段，我們是不會走過的。

有一天早上，大概是機緣吧，我騎機車從慶和橋跨入宜蘭市，沿著堤防要往通信兵學校那一頭，到我的工作室。但是往枕頭山的橋下，發生一起車禍，逼得不能不改道，從酒廠後面的那一條路經過。這一段路很短，大約有一百二、三十公尺長吧，兩旁沒什麼引人注意的東西；一邊是酒廠兩公尺多高的水泥牆，另一邊好像是青果合作社的集散場和倉庫，沒住家、沒店家。我偶爾會經過，因為沒什麼看頭，路過這裡都是一溜煙地閃過。那一天碰巧機車後輪爆胎，我車子騎得很慢，連經過那裡沒什麼可看的路，眼睛也有閒暇東張西望。而我卻被牆腳下的一排蔬菜吸引住了。後來我才知道，這裡隨著季節，一年到頭都有各種蔬菜，在這裡排成一排。

長在菜園裡的菜我見過，我也種過。但是很少看到，長得和這一排蔬菜一樣肥美的。它就像園藝的花卉一樣，被照顧得特別周到。該綠的不只綠油油，有些在綠色系裡的色票，也不易找到。該紅的還紅得發紫，白的竟然有那麼多種的白顏色。這一排蔬菜，一點也不會輸給田裡種的。這是我好奇之一。記得那一天是冬天，我看到的有高麗菜、芥菜、紅莧菜、茼蒿、芥藍和香菜。但是更叫我好奇的是，怎麼會在這一條細長的，連稱為畸零地都算勉強的表土，去種菜，又種得那麼美好。任憑誰都不會在一道長一百二、三十公尺左右，沿著柏油馬路，牆根的水泥和柏油路面，沒銜接上的約有二十公分沒被掩蓋的泥土，去種蔬菜的吧，可是事實擺在眼前。他到底是誰？這是我最好奇的。

為了求得答案，只要從臺北回到宜蘭，我就變得有目的地經過這條路。但是一直沒碰到種菜的人。問人嘛，這個路段沒住戶，找不到人問。偶爾問問路人，他們都說不知道。有一次問到了，那個人只能告訴我，說是一個老人，他也不認識的老人。到了第二年夏天，我看到菜色又換了，有茄子、莧菜、空心菜還有香芹菜。這一排生氣勃勃的蔬菜模樣，令人看了心裡就感到愉快。只是美中不足的是，見不著那一位神祕的老人。

有一天傍晚，我又路過我叫它一排菜園的時候，我看到一個上身打著赤膊的人，在那裡替菜澆水。我好高興，把機車架在路旁，走近他打招呼。

「這菜是你種的？」我連尊稱人家都忘了。

「是啊。」他看著我笑。

「你就住在這附近？」

「不是。我住在過橋那一邊。」他用手拿著的水瓢，比向枕頭山的方向。那個村子離這裡還有兩公里遠。我知道那地方，我很驚訝。

「你從枕頭山那一邊，跑到這裡來種菜？」

「是啊，老了沒事做嘛。」他回答得很愉快。

「菜是種來賣的？」

他說不是，還笑個不停。他還是一邊澆水，一邊與我呼應。

「種給家人吃？」

「家人？年輕的都到外頭去了。」

那我就想不通了。自己吃不了那麼多，又不賣，老遠跑來這裡，利用這一點點泥土種菜？

「那你種菜幹什麼？」

「唉！」他稍嘆了一下：「地放在這裡荒，你說有多可惜啊。咱從小就種田，看到空地荒著手就癢。」

但是我還想不通。這麼一條細長的泥土，叫做把地荒在那裡。他不待我思索，有點不好意思地說：

「你要嗎？你要的話，每樣菜都帶一點回去。我種的菜可不用農藥。茄子不錯。我的茄子是麻糬茄，幼綿綿的，燙熟了蘸醬油就很好吃。」

他看我笑就動手摘茄子。「不要客氣，我一個人吃不了。這，這紅莧菜也很好，煮魚脯仔湯，薑絲放一些，夏天吃退火。……」

他給我各種菜。我要給錢，他打死也不肯收。沒想到他推拒收錢時，力道很足，七十八公斤重的我，都要往後顛一步才站穩。他還要忙著走一段路，到堤防外的宜蘭河挑水。我想以後還可以見面，也就沒跟他多聊就與他分手了。

從此，每次回宜蘭，我都會騎車經過那裡去看看。每次都可以看到一排長長的菜，生動地變化著，但是就沒再遇見那位老先生。有一段不算短的時間，我沒回宜蘭。等我再回宜蘭，順便騎車到酒廠後面去看時，我看到的是一排雜草。一陣小小的驚悸，我告訴自己不要胡思亂想，觸人霉頭。可是，我觸動了和老先生在這裡相遇的記憶。這時想起來，對老先生的外貌，對他當時說的話，才開始看清楚，聽得深刻。他那看來又黑、又乾縮瘦小的身軀，在胸脊和腰脊之間的脊椎骨，往後拱起駝背，說話時一直用力挺起脖子才能與人照面。而那原來就矮小的個子，再加上駝背使高度傾折，就顯得更矮小了。可是他上半身打赤膊，對陌生人帶著笑容說話，還時時露出三四根像是沒紀律的衛兵的牙齒，一點都不為讓一般人看來渺小卑微的外貌自卑。他到底擁有什麼，讓他從容自信？特別是他回答我的疑問時說：「地放在這裡荒，你說有多可惜啊……」從現在重視經濟效益的觀點來看，在一線細長的表土種菜，又不賣錢，這是多麼愚蠢的事。我重嚼老人家的話之後，終於嚼出一樣東西來；那不就是所謂的「精神習慣」，或叫做「精神倫理」？

在我們過去長遠的貧苦年代，人不僅只求自身的存活，還要延續族群繁衍下去的香火，勤勞節儉是不容置疑的法則。也因為我們的祖先，長久以來吃苦耐勞遵守這個法則，成為克服貧困歲月的習慣，才繁衍我們到現在。所以過去長遠的年代裡，把勞動的農業，視為立國之本──說是以農立國的吧。想到這裡，腦海浮現過去看來很平常的插秧景象，卻一時令我感動得冷縮了一下。因為想像到過去廣大的農民，在烈日下，在霜風裡，對天對大自然行大禮，跪爬倒退，把三炷香一一地插遍大地。當然我無意，也不可能要我們回到過去。今天我們奇蹟似的地比過去富有了。但是，今天我們的精神習慣是什麼？我們的精神倫理在哪裡？

事後我還是經常經過那裡，期盼遇到老人家。然而，所看到的仍然是一排雜草。我心想，那位看來不起眼的老農夫，會不會是巨人裝扮成那種模樣，來跟我開個善意的玩笑？一陣風吹過來，一排雜草像波浪，從那一頭湧動著到我這邊來。我的身體又冷縮一下，一股敬意從心底悠然上升。

原載二〇〇八年八月七日《聯合報・聯合副刊》

宜蘭人典藏的一幅名畫

龜山島曾經有過一小簇的居民，由於生活和生產的方式，形成一個小漁村。他們的漁獲都得送到大溪或是南方澳這邊掛牌拍賣。這座小島嶼的地名，並不是由龜山島的居民自取的。何以見得呢？

居住在這島上的人，不管在島上的哪一個地方，或任何一個角度，來看自己的島嶼時，再怎麼看都不會看出龜隻的形貌。可是離開島嶼，在蘭陽平原這一邊來看島嶼時，就可宛然看到神似龜隻的島嶼，孤守在蘭陽平原面向西太平洋大海口的地方。而當宜蘭人在平原偏南的地方看它，它的頭就朝南望，要是在偏北的地方看它，它的頭就朝北望。如果有人從平原的北端往南走，沿途不忘時時望著它的時候，它的頭就會隨著你，慢慢地，慢慢地轉向南邊，相反的方向走上去也是一樣，最後它的頭也是慢慢轉向北邊望。這種現象，有了火車之後，宜蘭的小孩，從蘇澳搭火車往右手邊的窗外看，到了草嶺隧道前，就可以在一個小時之內，看到龜山島的頭，由南轉向北。回來時，往左手邊的窗外看，就看到它的頭由北轉向南。據說更早之前，蘇澳方面的小孩隨阿公到大里去吃拜拜，竟然大聲地驚叫起來，他叫嚷著說：「龜山拐頭了！龜山拐頭了！」

龜山島只有在蘭陽平原這邊的人看它才像一隻烏龜，所以由此可證，龜山島這個地名絕非當地人取的，而是島外的人所約定俗成的吧。在臺灣，其實其他地方也一樣，只要往山巒的稜線望去，一定可以看到一大一小的稜峰相接，其形也像龜隻的頭部連著背殼，但是它和其他的稜線緊密相連，所以看不出它的獨特。唯有宜蘭的龜山島的龜形是獨特地孤立在海洋中，因而顯得特別醒眼，成為大自然的一幅隨著氣象變化而生動的大景致。

宜蘭因為擁有龜山島這一幅生動的大自然典藏名作，龜山島與宜蘭久而久之就畫上等號，也成為宜蘭人的地標。有詩為證：

龜山島

每當蘭陽的孩子搭火車出外
當他從右手邊的車窗望見你時

總是分不清空氣中的哀愁
到底是你的，或是他的

龜山島
蘭陽的孩子在外鄉的日子
多夢是他失眠的原因
他夢見濁水溪
他夢見颱風波蜜拉，貝絲
他夢見你，龜山島

外地的醫生教他數羊
一隻羊、兩隻羊、三隻羊
四隻濁水溪、五隻颱風
六隻龜山島

龜山島
每當蘭陽的孩子從外鄉搭車回來

當他從左手邊的車窗望見你時
總是分不清空氣中的喜悅
到底是你的，或是他的

隔著一段距離，特別是絕大部分未曾踏上龜山島的人，從龜山島在海洋中所呈現的美景，總是留給人很大的想像和幻想的空間，就像人類未登上月球之前，從他們的想像和幻想，各個民族產生了多少神奇的傳說融入他們的文化裡面。當時居住在龜山島的居民，每次遭遇到颱風侵襲之後，他們是多麼嚮往移居到蘭陽平原來居住啊。從生活各方面的現實條件來看，只有島上的居民嚮往平原，而沒有平原的人想移居到島上去的吧。縱然如此，龜山島在地理環境之下，仍然有它的距離的美感價值在。那種價值是無價的，就像我們站在一幅名畫前面感動地戰慄不已，和化做一隻貼近名作畫面凹凸不平的螞蟻，名畫在兩者之間的價值和意義就截然不同了。

東北角國家風景區管理處及宜蘭縣文化局這次邀請了本地與外地作家登島一夜遊，想讓作家們從各種不同的角度，表達他們對龜山島的登島經驗、感想和看法。現在能付梓匯集在這本集子裡，為宜蘭的文獻添加一份可珍惜的禮物。

原收錄於二〇〇七年十二月宜蘭縣文化局出版龜山島專書《在這裡．在那裡》序文

e人掃墓記

三、四十年來，臺灣的農村人口外移，到目前為止，至少也有四、五百萬了。每逢過年過節，外移的人口就帶大帶小，返鄉過節省親，把高速公路塞成停車場，使整個臺灣的交通，像患了血管阻塞、循環不暢的疾病。因此讓外地往返省親過節的人，十分為難，回去也不是，不回去也不是。上了路或是回程的途中，常把赴一件好事的心情，搞得很糟。特別是過農曆年和清明掃墓，很難藉故不回去。不過清明節比較有彈性，只要不超出清明節前後十天，哪一天都可以掃墓。

清明節的前三天，我人在家鄉宜蘭，心想我隔一天就回臺北，然後不到幾天，又要和家人跑一趟再回到宜蘭掃墓。如果這一天把墓掃好了，我就不用跑來跑去，他們也可以少一趟奔波。

另外的一個理由，更有力地說服我一個人跑去掃墓。那就是像我這樣的人，很少討到太太的褒獎，說不定我這麼做了，她會很驚喜。

我興匆匆跑到菜市場，備辦了掛金銀紙，還有拜後我自己愛吃的一些供品和一把鮮花。雜貨店的老闆娘還提醒我買手套和一把廉價的鐮刀。

到了墓地才知道要感謝老闆娘的建議，不然一片雜草藤蔓，可真有得勞了。當時她要是能提醒我準備白花油之類的精油，她就更神了。

蚊蟲不但多，好像日本的神風特攻隊，打死不退，一波一波地來。好在老闆娘特地送我一疊舊報紙，說墓地髒又濕，放在底下可以墊供品用。我把剩下來的報紙，和著一堆草點起一堆煙霧，蚊子不見了；原來牠們也是拒抽二手煙的。

我把小小的墓園清掃乾淨，供品也擺好，紙也壓了，香也點了，站在墓前就是不知道要跟祖先說些什麼話。

有太太在的話，像我這種人就是拿香跟人拜，話，或是說禱告詞，都由太太去唸去講，有時候聽著還會笑她，這個時候輪到我，我不說又覺得不對、不習慣，說嘛也不知從何說起。我拿著香發愣的時候，我的手機響了。

是太太從臺北打來找我，打聽天氣好不好？好天氣她就要兒子馬上趕回來掃墓。我告訴她我已經替大家掃墓了。功未表完，好像我搶了他們的好處，沒謝一句，只聽到她嘀嘀咕咕唸不完。

最後我說如果你們願意的話，再回來掃。這話又犯忌，怎麼一年可以掃兩次墓？讓老人家聽見了，不罵死才怪。我說我正舉著香不知要跟祖先說些什麼？對這種禮俗她是很樂意教我的。

她開始言者諄諄，但我無法聽者藐藐。我叫她乾脆直接就對祖先唸禱，我把手機開著放在供品的旁邊。我又挨了她帶著笑聲的罵。

她說要講給我學。我說好。聽她開了頭說：

「各位公媽，清明節又到了，今年因為嗣小在臺北……」

我輕輕地把手機放在供品旁邊，大概有兩分鐘的時間，我再把手機拿起來聽，她好像剛講完，「就像我這樣講，你想多講一點也可以，你那麼聰明，聽到嗎？」

「我想我們的祖公仔都聽到了。」

「喂！喂喂……」

我把手機關掉，看看祖先的墓碑，八九個人刻在石板上的名字沒那麼硬，他們都笑了一樣，我也很愉快，我覺得我很有成就感，發明手機的另一個新用途。

原載二〇〇四年四月八日《中國時報・浮世繪》

幫你看電影

有誰需要別人幫他看電影？除了有人執有幾張到期的電影招待券，一下子沒有時間看完，只好分送給別人。可是這也不能算是請人幫忙看電影吧。這裡所謂的幫忙看電影，指的是沒有人幫忙就看不懂電影。這麼說那到底有誰需要別人幫他看電影？還有誰能幫別人看電影成為一種職業的？

嘿，就是有。臺灣光復後那幾年；有的城鎮還多延了好幾年，在那一段期間，確實有幫人看電影的這種行業。從事這種行業的人叫做辯士。任何一件事物或行業的產生，必然有它的社會背景和它的條件，當這些背景和條件有所變化或消失的時候，由迎應那些背景和條件而產生的事物，也跟著變化或消失。幫人看電影的辯士行業也不例外。

光復初期，識字的人不多，就算是識字，他們大部分都是學日文的年輕人較多。對一般人而言，中文和國語可以說還沒一下子就光復過來。懂日文的年輕人又不能公開講日語，所以當時的語言環境，是方言的光復；閩南人講閩南話，客家人說客家話，山地人說他們的本地話加日語。可是電影院放的電影，除了大陸來的，還有美國的片子。日本電影和日本話、日本歌曲、日本木屐都在禁止之列。當時一般的臺灣人，沒有辦法聽得懂大陸和美國電影裡的對話，臺灣土產的電影又還沒起步。然而，單純的農業社會，電影算是唯一最文明的娛樂，年輕人和知識分子喜愛它的親和力和大眾化，有時娛樂性高的電影，也會吸引廣大群眾一看再看的。可惜當時的片源和語言的條件，造成電影院生存的危機。有些電影院在這時候，改成多角經營；不放電影就演歌仔戲、布袋戲、新劇（文明戲）或是歌舞團。但是，經營電影院的老闆知道，演電影最單純，利潤也較穩定，至於其他演藝團體的演出，是最複雜的。所以他們還是會想辦法營救電影院。最後不知哪一個電影院的老闆想出來的辦法，那就是找人來與電影同步說明電影。這個辯士制度的辦法，很快地風行起來，使當時看不懂大陸片和美國片的臺灣觀眾，又回到電影院去了。

這位辯士到後來都變得很有辦法，電影演它的，他呢，借屍還魂，或是借題發揮講他的，他與電影同步搭配起來，變成再創造。至於為什麼說他是借屍還魂，或是借題發揮呢？因為他和一般的觀眾一樣，他不懂國語，也不懂當時粵片的廣東話，更不懂英文。只是他事先在電影院試片先看了一次，還有代理商告訴他大概故事的內容，就憑這樣他就可以把電影觀眾叫回電影院，又帶這些觀眾走入電影的另一個世界。

通常是這樣的：電影的片頭快要完的時候，他就悄悄地坐在舞臺邊的一張小桌子前，把一盞刻印章用的小檯燈扭亮，這時候差不多片頭過了，畫面進入本片場景描寫的鏡頭時，他透過不靈光的麥可風，開始用敍述的語言開始講話，不過，聲調的分寸與拿捏，每個片子都不一樣，由片子的內容而定。遇到人物，美國片的人物，男的，不管老少，一律叫湯姆；但是他說湯姆是日本發音的トム（TOMU）。如果還有男配角的話，頂多再加個名字叫喬治；日本發音的ジヨジ（JIYOJI）。當然，出場的男演員不只湯姆和喬治，還有其他的不少人。不過這難不倒我們的辯士，第三個以外的男士，可能稱為湯姆的朋友，大哥、弟弟、老闆、岳父、爸爸等等。還有一種就叫職業名稱；例如警察、兵仔、軍官、工人、司機、郵差等等。遇到女主角，也是一律統一名字叫瑪莉，他的日本發音叫メリ（MELY）。再有別的女角出現，也是用關係人稱，和職業名稱就可以帶過。所以當時的臺灣人，最先知道美國人的名字，就是湯姆、喬治和瑪莉三人，也只認識這三個名字，什麼布希啦、柯林頓啦這都是很久以後才知道。

再說，電影的人物出現了就有對話，對話的地方可不能從頭到尾只用說明敍述來交代，還是要用一些對話的語言來演出才行。沒問題，我們的辯士，一人演三個角色的聲音講對白。只是電影裡面講的，和辯士講的絕對不會一樣，觀眾也沒有人知道。要是有一個聽懂英文，又聽懂辯士的閩南話的話，那一個人一定很有福氣，從頭笑到尾吧。

更有趣的是，美國片少不了有親嘴的鏡頭，當這個親嘴畫面即將出現的時候，我們的辯士老兄會跳出來警告觀眾說：

「現在湯姆和瑪莉就要『起厝』（閩南話的起厝與英文KISS諧音），請你們大人把小孩子的眼睛矇起來。」

這時觀眾總是報以熱烈掌聲。其實觀眾是高興看到接吻的鏡頭。請注意，四十年前看到男女接吻是一大刺激。接吻的鏡頭一過，他會說：「好了，小孩子繼續再看。」但是，他會評論幾句：「番仔就是番仔，查埔查某愛攬（抱）就攬，愛唚（吻）就唚，囝仔不要學番仔，咱男女是授受不親。」我們的辯士在講演電影的時候，他的語言型式，除了敍述、對話的語言之外，常常加上主觀的感情左右觀眾。例如西部片裡被印地安人圍困的白人，聽到遠處騎兵的號角聲時，他就興奮地說：

「這些紅番該死了！湯姆的舅舅的騎兵隊來啦！」他鼓掌，觀眾也鼓掌。騎兵隊在追殺印地安人的時候，如雷的掌聲，竟讓騎兵隊變成天兵天將，神勇無比，代天行道。這樣的無形教育，無意中加深了當時的小孩，對少數民族的歧視。

還有在電影的結尾，也是我們的辯士發揮評論的時候。比如說，電影中的歹徒最後難逃一死。那麼他就說：

「世間人好事多做一些，壞事不能做，舉頭三尺有神明，善惡到頭終有報，善有善報，惡有惡報，不是不報，日子未到。列位，喬治會死在湯姆之手，這就是證明惡有惡報啊！大家慢走，再會。」

對大陸的國語片，或是粵語片也一樣，只是當時國片在武打的剪接上，或是捨不得NG片的情形，常常會有明顯的錯誤出現。我們的辯士電影看多了，多多少少也懂一點要求。所以碰到國片，會多出對電影明星或是導演，加以揶揄。例如說粵片的《查士雄》，它是武打的片子，少不了拳打腳踢，但是兩人對打，打得你死我活的時候，主角挨了一記重拳倒下來了。但是，對方的重拳還在半途的空中，主角就倒下來了，連觀眾都看得很清楚。辯士當然也看到，他說：

「別裝了！我又沒練氣功，沒打到你，你倒下去幹嘛！」觀眾聽他這麼一點，大家都笑起來了。

鏡頭接倒下去的主角撞到山，山竟然動起來了。因為是搭布景的山，撞到了當然會動。辯士又扮打人者的聲音說：「這下你比被我打到的還要嚴重了。哈哈哈！」臺下的觀眾笑得差點把屋頂都掀開，連電影中的角色都停下來回頭看觀眾。

有辯士講演的電影沒有什麼人看不懂。像我們今天看的《廚師大盜，他的太太和她的情人》、《魔法師的寶典》、或是《八又二分之一》之類的電影，如果能趕上辯士的講演，一定很後現代吧。對了，以後要是再能碰到辯士講演電影時，我有一個經驗告訴大家：不要去看第一場，他連自己都沒把握。最後一場最好，辯士的借屍還魂，到這一場總算蓮花化身，完美無比。

原載一九九三年二月十五日《中國時報・人間副刊》

臺灣草葉集

〇八
黃春明作品集

菜瓜的話

宜蘭地方有一句俗諺這麼說：「人若衰，種匏仔(bû'â)生菜瓜。」把它翻成國語講，意思是說，人要倒楣，種葫蘆卻長絲瓜。那是說天不從人願，事與願違，絕對沒有揚匏仔的地位，貶菜瓜的價值。在菜市場上，菜瓜往往比匏仔受歡迎。

人世間不如意的事多著哪，如果每一件不如意的事，都要付出沉重的慨嘆，嚴肅地呼天，那只有傷身又傷神。何不看開一點，說調侃也好，說幽默也好，對自己，對別人，都有好處。因而在南方長有菜瓜的地方，有人又遇到不如意的事時，就說：「人若衰，種匏仔生菜瓜。」這麼一來，也比較禁得起。說不定還讓「不如意尊王」覺得拿我們沒辦法，氣死了。說真的，呼天太沉重了吧。

絲瓜

所謂的俗諺，還是用當地的方言說出來，才能傳神。就拿「人若衰，種匏仔生菜瓜」來說，用閩南話說起來，有旋律，有節奏，既傳神又押韻。說的和唱的一樣（本句只做字面上的解釋，沒其他弦外之音）。其實，語言是最能具備地方特色的，特別是方言。所以很多臺灣的方言，無法用國語來表達。再怎麼說，國語就沒有辦法拿匏仔和菜瓜來創一句有意思有押韻的諺語。這並不是說國語不夠看，這是在說明一件原理，可能也是一個定理吧，說世界上，沒有一個地方的語言，可以取代其他地方的語言。我們目前使用的國語版本，是中國北方的語言。中國北方沒有菜瓜，所以在國語原鄉的北京生活語言裡面，就沒有跟菜瓜有關的俗諺。不過北京沒有絲瓜，卻有其他的瓜，那麼在他們的俗諺裡面，就有「老王賣瓜，自賣自誇」，好得很，一樣的傳神有味。如果用閩南話唸起來，那就不倫不類了。哪一天臺灣真的能統一中國，可別忘了，萬萬不可把閩南話強塞在北京人的口裡，要人把閩南話當成人家的生活語言。

在閩南的地方，一到夏天，菜瓜就和閩南話一樣，到處可聞，到處可見。到了郊外，看到綠葉棚子上開滿了大黃花，那就是菜瓜棚。有的棚子搭在田野間水溝上，有的搭在河岸的平臺上，成為村婦洗衣服的涼棚，有的搭在屋旁，成為夏日乘涼午睡的地方。菜瓜棚是臺灣盛夏的一景。

菜瓜雖然不是萬靈丹，好像百利無一害。做為桌上的菜餚，有不下二十種的吃法，做為醫療上的用途，也不下十種；據說幼瓜磨成乳汁，可治胃病。熱目（結膜炎），菜瓜切片，持續貼眼等等。菜瓜布：菜瓜留種後，取出種子留下來的網狀圈的東西，可以洗刷器物用，男人皮厚，亦可拿來洗刷身體。此物燒成灰，可治瀉肚。最後，秋天來了，菜瓜藤老了，離地面兩尺地方剪斷，用瓶子套住切口，可接菜瓜水。此水降火，還可以敷面美容。接菜瓜水有兩個方向；接上一截的，需要把藤尾末端剪掉才能接到水。

這裡的民間有一傳說，說「飼三個后生（hâoshi，兒子），不值種一欉菜瓜」，意思是說，養了三個兒子都不如種一棵菜瓜。據說有一老農，一輩子辛辛苦苦養了三個兒子，他們長大之後到外地去發展成功。一日，老人家到外地去看他們。結果三個兒子因種種理由，沒留下老人家吃飯過夜。老農夫餓了一天回家。到家之前，看到屋前的菜瓜棚菜瓜纍纍懸掛在那裡，他隨手摘一條下鍋。煮好舀了一碗吃下肚子，感到十分溫馨滿意。他老人家，抹一抹嘴巴，順口自言慨嘆：「幹××！飼三個后生，不值種一欉菜瓜。」

原載一九九五年八月　《皇冠》第四九八期

陀螺不再轉了

以前，鄉下的小孩，特別是八到十五歲的小男孩，如果身邊沒有一只陀螺，可以拿出來跟朋友玩，且不說面子，對自己就說不過去。所以，再怎麼困難都要想辦法，去弄到一只會轉、會鬥的陀螺。

陀螺，說閩南話的小孩叫它「矸轆」（gānlōk）。矸轆是用木頭削成的。當時我們宜蘭地方有一句俗諺：「樟勢哮，柏勢走，拔梈柴釘死狗。」意思是說，樟木削的陀螺很會叫，烏柏樹削的陀螺很會跑，如果是用芭樂柴做的陀螺啊，那就會像一隻死狗躺在地上，只有任人挨釘的份。在臺灣交通還不是很發達的時候，男孩子玩陀螺就很普遍；陀螺的模樣、玩的方法都一樣，包括削陀螺選材的口訣也差不多。屏東的恆春就這麼說：

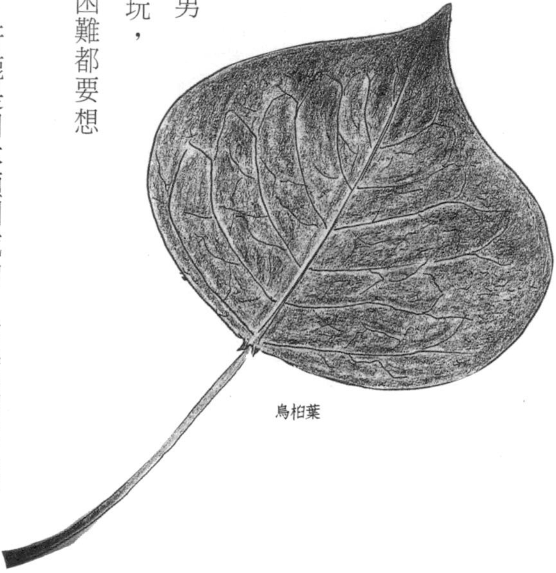

烏柏葉

「一樟二桕三埔薑仔，四拔梣柴走。」削陀螺我們那時是說「刣矸轆」。首先得找木頭，找什麼樣的木頭呢？根據口訣的說法是：樟木最好，烏桕也不錯，要不然埔薑仔柴也可以。芭樂柴不行，走！滾開！

當時削陀螺除了選木頭的材質之外，還得考慮取材方便。在鄉下，樟樹和烏桕比人還要多，因為它們都是高大的喬木，抬頭一望，即可以看到樟樹和烏桕跟我們招手。埔薑仔更不用說，在荒郊野外，成片成為灌木林。芭樂樹雖然也不在少，但是做為陀螺的材質不理想。因為它木質部的纖維走向彎曲多變，削成陀螺之後，一打轉，離心力一甩，不均勻的纖維不能讓陀螺有一個固定的中心，陀螺轉起來搖頭晃腦、像羊癲瘋，不用別人來打倒，它自己沒轉幾圈就倒翹翹了。並且纖維走向不規則的木頭，不好削成東西。樟木就不同，芭樂柴的缺點，它都沒有，木質部的纖維垂直均勻，橫切的導管篩管點點可見，削成陀螺一打轉，穩穩轉不停，導管和篩管的切口和空氣摩擦，嗡嗡作響，使樟木的陀螺更顯威風。新削成的樟木陀螺，如果不泡水的話，還可以香個把月。但很難，小孩子一瘋矸轆，雨天淋雨照玩不誤。

那個時候的小孩，大人叫他不要去認識樟樹、烏桕和埔薑仔柴也難。在他的生活中有這些東西，有這樣的遊戲，有這樣的經驗，他自自然然、高高興興地擁有這些生活中的知識。同時對這些知識的實物的質感也能親身體驗；例如拿一根樟樹的感覺，舉起柴刀砍下去的感覺，第二刀如何斟酌力道，或是從什麼地方開始下手。甚至於剛開始向別人家要一根樟仔柴，就是在學習人際的關係，如何介紹自己，說服對方。一個小孩要擁有一只心愛的研轆，從頭到尾即是一連串的學習與成長；思考、知識、人際、智慧、觀察力、想像力、創造力等等的學習與成長。

現在培養出來的小孩，因為生活的時間和活動空間，差不多都被挪用到課本的知識教育上。他沒什麼生活活動的經驗。縱然他們有生活知識，但是不是來自生活經驗。他擁有的這些生活知識，只有用測驗題才能看到成績，如果將他放回該有的生活範圍裡面，幾乎將失去活動的能力。要現在的小孩子指出樟樹、烏桕或是芭樂樹似乎很難。其實不要找小孩子麻煩，就說我們大人好了，特別是男人，他尿急的時候，躲在一棵樹後方便，然後問他這棵恩樹的尊姓大名，他不見得知道。

大人一味追求金錢物質。

小孩子一味追求考試分數。

陀螺不再轉了，我們好像離開人的生活，有尊嚴的生活，越離越遠了。

原載一九九五年四月《皇冠》第四九四期

在狗屎拔椁仔樹上

臺灣的農業技術實在進步得很可觀，特別是水果改良方面。以前的水果成熟，就像大自然的月曆；我們看到「旺來龍眼，排排一桌頂」就知道是農曆七月鬼節。看到年柑就知道過年。現在一年四季，幾乎要什麼水果就有什麼水果。有些生產上還有一些困難的，儲存的技術也可以克服。所以我們冬天在西餐廳，也可以吃到西瓜。至於水果的品質與量產，那更不用說，大家不只有目共睹，有嘴大家吃。現在的水果，比起以前的，又大又甜，皮薄子少。就拿芭樂來說吧：以前的芭樂叫土拔，也叫狗屎拔，果實小，像狗拉不出大便時拉出來的硬屎。現在的芭樂，大得像牛羼包，所以鄉下人說：「夭壽仔勢（gāo，驚嘆

芭樂

語）！狗屎變牛羼包。」

以前的土拔、狗屎拔一長果實的時候，小孩子就來。野生的，果實還青澀就被摘得差不多，拔桲仔樹的樹枝還會斷掉幾根；被攀斷的。也有雞腿椏，枝幹的接頭像雞腿附在主幹上面，這種枝椏最不牢靠，小孩一踩上去，連人帶枝椏一起落地。只有長在人家庭院的狗屎拔，它的果實（芭樂）才能留到成熟。

記得賣雞的人家，有一棵狗屎拔種在雞欄裡面，是用籬笆圍起來的。因為長期雞隻的施肥，這棵紅心的狗屎拔，長得特別多，也特別香。一般的小孩只能站在籬笆外吞口水。但是，向這一家雞販買雞時，大人帶去的小孩可以上樹摘食紅心狗屎拔。有一個小孩跟奶奶去買雞，他當然可以上樹去吃個痛快。等奶奶雞買好要走了，到拔桲仔樹下找小孩時，發現小孩子口裡塞滿芭樂，且傷心地在樹上哭起來。

「你怎麼哭了？」

小孩子看看前前後後的纍纍狗屎拔，傷心地說：

「人家吃不完嘛——哇——」又哭。

看看這小孩，是很可愛，也很好笑。但是，他好像也有我們的影子在，今天我們是不是也在另一棵拔桲仔樹上，吃撐了肚子，還捨不得下來呢？

原載一九九五年四月《皇冠》第四九四期

姑婆葉的日子

八〇年代初期，臺灣的鄉土電影正上路，鄉下的景物，鄉下人、雞鴨牛羊豬貓狗，紛紛上鏡頭。當時有一部鄉土電影裡面，有幾家山村農家，全家大小到城裡賣完番薯的歸途，幾個小孩每人各拿一支小傘大小的姑婆葉玩著回家。導演忘了這些小孩也是小鄉下人；他們家的附近多的是姑婆葉，平時視若無睹，但是在這一鏡頭裡，鄉下的小孩和都市裡長大的導演一樣，對姑婆葉十分好奇。

其實，鄉土並不是形式，是情感，是人對土地的那一份不能名狀的深情。如果沒有這一份情感，就是把牛糞塗得滿臉，男人張口說話就「幹」，叫起人名就「阿」什麼的，

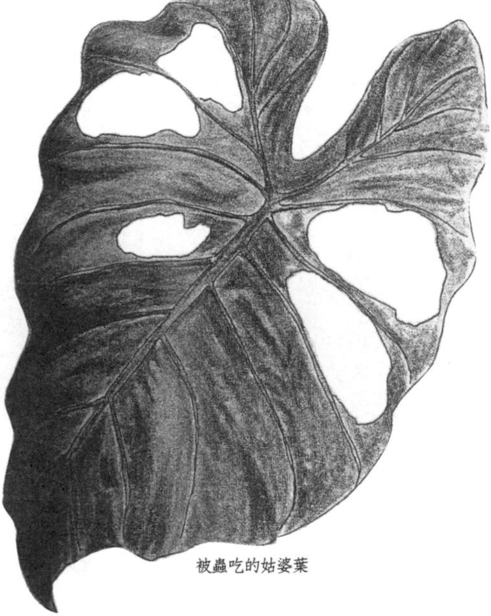

被蟲吃的姑婆葉

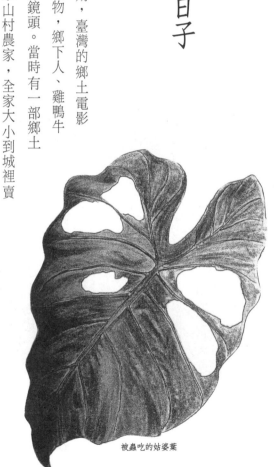

結果還是什麼都不是。

姑婆葉長得像來自童話國度裡的植物，很特別。有些長在潮濕的肥地上，葉子大得跟一把傘一樣，粗大的葉梗就像傘柄，葉脈也像傘骨，把一張大大油綠的葉片撐得四平八穩。除了上述的鏡頭，很少人把它拿來當傘用。不過還沒有塑膠袋之前，八開大小的姑婆葉和狹長的月桃葉，卻是菜市場賣魚賣肉不能缺的包裝物。

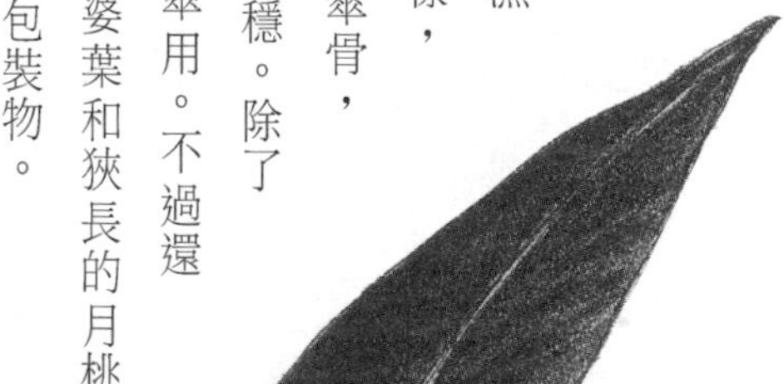

月桃葉

民國五十七年間，我在臺北圓環附近，向二房東租了一處後院，做飯包賣。有一天回老家羅東，發現市場的裡脊肉比臺北便宜很多，於是買了六斤多的裡脊肉，騎機車經由北宜公路北上。到臺北時，整條肉不用四條腿，跑了，留在後座的是姑婆葉的空包。心痛之餘，偶得靈感，寫了一篇叫做〈魚〉的短篇小說；它曾經被選作國中國文課本第三冊第二十九、三十兩課的課文。該篇小說中的鰹魚，就是用姑婆葉包起來，掛在阿蒼的腳踏車上掉的。

姑婆葉頭和芋頭長得很像。記得小時候在外頭玩，無意中看到不少芋頭長在野地，於是挖了好幾條芋頭回家。那時家妹年紀雖小，已經會燒東西了，我要她燒芋頭湯吃，還吩咐她要留一些給我。等我再到外頭玩罷回來，一進門，祖母捉住我就是一頓打，說我的惡作劇太超過了，害得下面弟妹三個吃了我挖回來的芋頭湯，嘴巴都癢得難受哇哇哭喊。

原來姑婆葉頭不是芋頭，不能吃。有些人連摸它手都會癢得不舒服。唉！誰叫它長得那麼像芋頭？所以我才會冤枉挨打，弟妹三人才會誤食難過。

原載一九九五年二月《皇冠》第四九二期

人豬哥，草也豬哥？

十一月間，臺北芝山岩右手邊的河濱公園，規劃雖然成形，細部整備還沒竣工之前，特別是對岸，靠雨農市場和永福國小那一邊，很多人以為市政府公園管理的單位，效率這麼好，已經選好了花種，在寬闊的草地上種滿了小白花；近看迷人，遠看宜人，好一幅百看不厭的小白花風景。

絕大部分的人叫不出它的芳名。見過它的人，像眼前這樣的一大片，倒是很少見。曾經因為火氣大，血壓高的人，拔它整株連根洗乾淨後，熬成草茶養身的人，叫它「咸豐草」。鄉下人可沒那麼文謅謅，管它咸豐不咸豐，要拔掉它，不握住莖頭，握其他地方一拔就斷，一摘就折，覺得它的莖一點都不結實，所以就叫它「冇（Pangㄆㄚˋ加鼻音。冇：不結實，易折）骨仔草」。又叫「冇筒仔草」。農民嘛，以農作生產為中心，沒用的東西長在田裡就拔除。可是拔啊拔，拔了那麼多種的草，就是這種草的莖最沒勁，「冇骨仔草」、「冇筒仔草」的俗名就這樣被取上了。說不定有讀者會問，那「骨」字怎麼來？在閩南語的方言裡，樹枝常被說成「枝骨」，所以這裡的骨字，是指莖而言的。

在感覺上，如果有東西拿來當藥用的話，藥名帶有一點權威感的話，好像比較像藥，也覺得比較有藥效。就拿「冇筒仔草」和「鹹豐草」來說。前者土裡土氣，後者文質彬彬。但一樣的東西，會覺得叫「鹹豐草」才配當藥。其實感覺並不抽象，有時候會左右人體的內分泌。在某些程度上的舒服不舒服，或是對藥效某種程度上的作用，是和內分泌很有關係的。如果火氣大，想降火，你就找「鹹豐草」。如果在你的院子裡，發現長了許多這種草的時候，你叫它「冇筒仔草」，拔了它，滅了它也不覺得糟蹋可惜。

但是，該草不只叫「鹹豐草」、「冇筒仔草」或叫「冇骨仔草」而已。它另有惡名叫「豬哥草」。可能有人覺得這未免太唐突了罷。怎麼叫「鹹豐草」，一變又變成「豬哥草」？不用驚訝。我們拿人來當例子就明白。請問，哪一個被指為色狼的人，他沒有冠冕堂皇的姓名？所以叫「鹹豐」又怎麼樣？德行敗壞，好名又如何？

那麼「鹹豐草」又怎麼與色有關？有那麼色、那麼豬哥嗎？相信到過野地郊遊的人都會有經驗。當他們回到家的時候，會發現身上上上下下，黏了一身小小黑黑的硬籤，撣也撣不掉，非得一根一根拔才可清除。拔下來的小黑籤，仔細看，它的另一端有兩根觸鬚狀的針，就是這兩根針狀的倒勾，勾住衣服的纖維。到此，這還不能構成豬哥的罪名。不過當這些小黑籤是黏在女性的身上的時候，就可羅罪了。因為它不只黏在衣服外面，裙子裡面，甚至於內褲也都不放過。農業社會時代的女性，從田裡回到家，一個人在房間裡面，一根一根拔內褲上面的小黑籤，拔到有點樂趣的時候，用有色的眼光去看它，它就變成「豬哥」了。當時「咸豐草」不單女人賜它諢號，小孩子還當歌唱著跑。他們唱：「豬哥草，豬哥草，綴（Duè，跟的意思）著查某溜溜走。」其實，這根小小的黑籤，只是「咸豐草」的種子。它會黏在人或是其他動物身上，是希望他們帶它到更遠的地方，替它播種而已。當人從它的身邊擦身而過時，它只想抓住你，管它抓住的是內褲，或是臭襪子。

明察「豬哥草」命名的由來之後，很是為「咸豐草」抱不平。這完全是女性命名者，因有色眼光去看它的關係。禪宗大師慧能說得好：菩提本無樹，明鏡亦非臺，本來無一

咸豐草，俗稱白花婆婆針

物，何處惹塵埃。

不過也不必太認真，叫「豬哥草」多可愛。人不要讓人叫「豬哥人」就好了。

前面介紹的都是方言（閩南語）的名稱。一般國語稱這種草叫「鬼針草」。還有連花也一併叫進來，叫「白花婆婆針」。婆婆才打開鋁箔的針包，打個噴嚏，針就掉了滿地。這可要小心，野地裡的白花婆婆針，也撒滿野地，可是不用管它。難得跑來，盡情地踏青，盡情打滾遊戲，回家後，再去看看內衣褲，看看咸豐草是否真的那麼豬哥。

咸豐草，俗稱白花婆婆針

小後記：士林芝山岩前的河濱公園，十一月間，有筒仔草開滿了一片，可以令臺北人驕傲的小白花，請有關單位，不要以「豬哥」的罪名，將它們除掉。讀者有興趣的話，也可以去親睹「白花婆婆針」盛開的風采。

原載一九九五年十二月《皇冠》第五〇二期

枸杞燉豬肚

一般人都知道茄子是紫色的蔬果，白色的茄子就鮮為人知了。過去有過白茄子；有的是很淺很淺的粉紫，或是淡淡的粉綠，由靠蒂的地方向末端漸呈，到不了一半的地方就變白了。從著色的技巧來看，倒是美妙，但是從刺激食慾的觀點看，我們一般人所熟習的紫色茄子，好像比白茄子吸引人。是不是這樣農夫就不再種白茄子了?菜市場幾乎見不到白茄子的芳蹤。問種茄子出來賣的農夫，他說他也不知道。一個這麼說，三個也這麼說，甚至於在田裡也問過，有十幾個都說不知道。最後，倒是有一個略為不同的答案出現。他是一個中年的農夫，

茄子

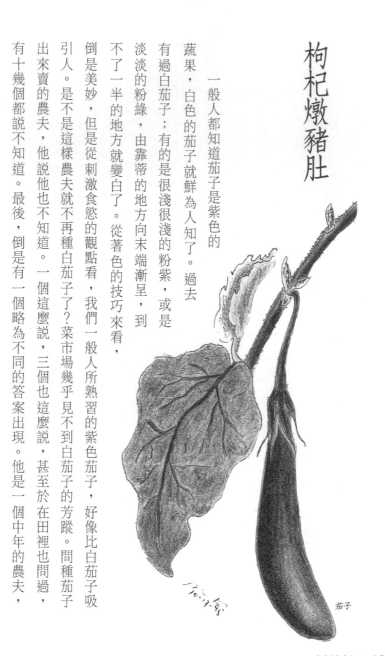

他說：

「我記得小時候，我阿公種過，很不一樣，很漂亮。現在的人比以前更懂得漂亮，愛漂亮的東西。我想辦法去找一找，看能不能找到白茄種。我明年就來種。說不定很多人喜歡，價錢也可以賣好一點。」

不只從這位中年農夫口中，聽到Marketing市場學的概念，仔細看他的神情，過去臺灣農夫的那憨厚也不見了。那時我心裡這樣想著他的時候，他又接話了。

「不行不行！喜歡是喜歡，漂亮歸漂亮。喜歡白茄子漂亮的人，他買你一條，最多兩條吧。並且這次買好玩，下一次就不一定要買了。不行！還是拿來吃的量才驚人。蔬菜嘛，就是種來吃。種好吃的茄子才是正當的。」

我對這位農夫的判斷沒錯，他應該去念商學系。其實從這位農友的話裡，多少可以明白白茄子的命運。打扮得漂亮做交際的女人，和實實在在的女人，她們客觀上的訴求點就不一樣。前者可以做朋友，後者可以當妻子，可以當母親。

有關好吃的茄子，據這位農友說，他種的麻糬茄最好吃。它的肉嫩黏滑味帶甜。但是茄子不能留得太熟，變老了就叫柴茄。吃起來肉粗味澀。至於要如何分辨？這位與商學系無緣的農友說：

「看起來像查某囝仔，那就好吃。若是看起來像奧巴桑，那就不好吃。」

他說得很認真，我聽得哈哈大笑。我說：

「你不怕太太聽到。」

「不會，不會。」他變了語氣說：「阮牽手才過身。才過身。」

天哪！真討厭。為什麼不早說。害我不該笑而笑，並且還笑那麼大聲。唉！都是白茄子惹的糗事。

白茄子在民間的故事上，還惹出一件命案。

話說古早，有一個為人之妻者，外頭纏有漢子。家中老實的丈夫，就成了這對狗男女的眼中釘。一日，婦人請教老鄉醫，重金乞討毒藥，計謀毒死丈夫。老鄉醫心想：這位婦人這般惡毒，就跟她開個玩笑，並造一點口福，讓這位還不知死活的丈夫享受吧。老醫生當場開了一帖藥，叫婦人拿回去照做。婦人很高興，連聲說謝，速速回轉去了。老醫生目送婦人背影，自言笑道：「枸杞燉（Dim）豬肚，好呷會大箍（Koō，胖的意思）。」

第二天，婦人一大早，找老醫送一大紅包來。婦人見了老醫生咧開大嘴笑迎道：「老先生，枸杞燉豬肚，可真靈啊，昨晚吃，今早他人就不動了。」

「死了?!」老醫生疑惑的問。

「是啊，真的死了。哪，昨天給的是前禮，現在給的是答後禮。」婦人把紅包放在桌上，回頭就要走。

老醫生追問她，是不是真的是用枸杞燉豬肚，婦人一五一十說完，是枸杞燉豬肚沒錯。這絕對不會吃死人的。經老醫生詳盤細問，最後問到柴火時，婦人說用園子裡枯萎了的白茄枝燒的。這時候，老醫生才找到幫兇白茄枝。他慨嘆地得到經驗道：「枸杞燉豬肚，最忌白茄枝！」

我們都知道神農懂得百藥，說是他試百藥試出來的。我想大概是像這一位老醫生一樣，積累別人的經驗。要不然，試錯了可能只試一、二十種，不可能試了所有的吧。

原載一九九五年十一月

《皇冠》第五〇一期

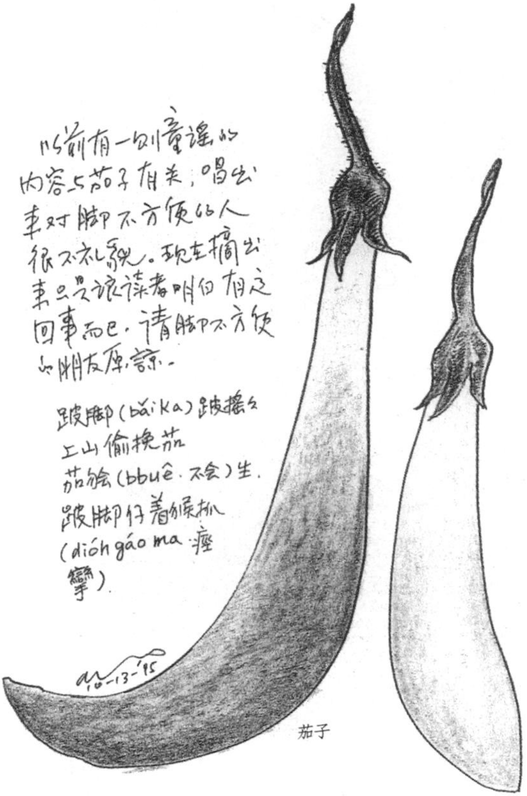

茄子

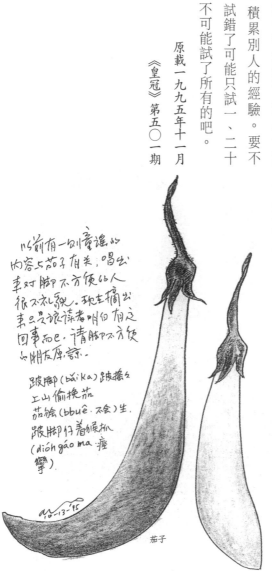

匏仔殼

做為蔬果，匏仔（bùâ·葫蘆瓜）也是夏天飯桌上的要角。特別是端午節的盛餐中，大魚大肉不用說，雄黃酒和菜豆、茄子、匏仔是不能缺的。閩南的習俗說：「呷茄䏴趒（chhio-tiô，青春力盛，春情勃勃之意），呷匏仔肥白，呷菜豆呷到老老老。」意思是說：吃茄子精力充沛，吃匏仔肥胖白嫩，吃菜豆可以活到很老很老。當然，這種話語都是在農業社會裡說的。那時貧窮，少年郎或是少年查某囡仔，常因為長期營養不足，到了「轉大人」的時候，變身變不過來，就像妖怪故事裡的狐狸精，道行不夠，變人的時候，尾巴一直變不過來。如果少年變身不過，他也有尾巴，那時候常看到一些人

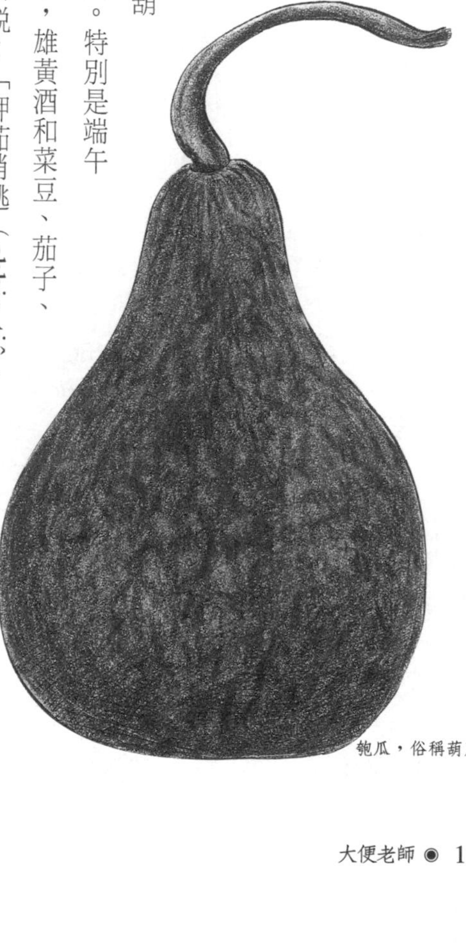

匏瓜，俗稱葫蘆瓜

「囝仔身，大人面」的，那就是營養不足，不是道行不夠。事實上茄子並沒什麼特別刺激發育的荷爾蒙，只是唸著押韻好玩罷了。如果茄子真的那麼神效，今天的茄子一斤不知要貴到什麼地步。不過我們漢人很形式主義，常拿一些東西來代表做為象徵。因為茄子長得像男性勃起的陽物，所以希望吃了茄子變壯。脽趒一詞只拿來形容男人性趣勃勃。相信此道的正人君子，茄子有的長得挺拔，也有長得相當自卑，好好看準下鍋的是哪一條。

女孩子，當時肥胖白嫩是她們追求的形象。窮苦的農業社會，大部分的人都需要在陽光下做粗活，這樣的人看來都是乾巴焦黑，女人也不例外。除非是大人物的少奶奶和婢嫺才肥胖白嫩。削皮切塊的匏仔，煮湯之後，肉細白嫩味甜美，正像當時有福氣的美女形象。所以家人在餐點上鼓勵女人多吃匏仔，特別在端午節時的飯桌上，有幾分神奇。

至於菜豆，男人女人都希望長命百歲。長長的菜豆，子又多，豆字和老字在閩南語又押韻，所以討個吉利，唸著「呷菜豆呷到老老老」吃到肚子裡做個夢。窮人夢想多。不能活到老老老，做個夢可以吧。

說匏仔，想到一則笑話。以前的人不可能不認識匏仔。但是大目新娘匏仔認識她，她卻不認識匏仔。這位大目新娘，並不是她的眼睛長得特別大，而是她當了新娘的第二天，起來燒飯的時候，走到灶腳（廚房）竟然問婆婆灶在哪裡。鄉下的灶，比現在的瓦斯爐不知要大幾十倍。婆婆罵她：「大目新娘無看到灶。」現在如果有人挨罵「大目新娘」的話，那意思就是說新手，或粗心。這位大目新娘，她努力工作希望將功補罪，但是她又挨婆婆罵了。她傷心地逃回家，哭訴她的冤屈給外家聽。她說：「苦瓜皮粗粗，我削皮伊也罵，匏仔皮紬紬（iu iu，光滑的樣子），我無削皮伊也罵。」家人聽了不但沒同情，還齊聲說：「該罵！」不知道我們今天的社會，有多少大目新娘？

匏仔有很多種吃法，其中有一道叫「匏仔乾湯」，也有雅士稱它為「綑三仙」。那是用削成薄條曬成乾的匏仔乾，把吋長的肚片、鹹菜（酸菜）、筍片，綁成一小綑一小綑，將它煮成湯。這是一道很道地的臺灣菜，湯爽口開胃，粒味美。舊式的臺灣火龜（火鍋），就是火鍋中間有一柱煙囪，鍋蓋為了避開煙囪，中間還有一個和煙囪一樣大小的圓洞的那一種。其中火龜的併料，就有綑三仙。缺了它這臺灣火龜也變種了。

不過匏仔最妙的地方並不在怎麼吃，而是它可以拿來做用器的部份。以前有一種用器叫「匏杓」（bùhiā），是用匏仔殼做的一種舀水的水杓；水瓢。那是把成熟的匏仔果，留到很老木質化之後，一個匏仔剖開來，挖掉裡面的籽，就成了兩只輕便的水瓢；匏杓。

另外，也有人把木質化的匏仔殼，在身上挖個小孩子能伸手進去的洞，把裡面的籽掏空，裝幾把花生米，然後綁牢在樹上，等猴子路過來吃。猴子一發現花生米，就伸手去抓；抓滿花生米的手，比原來伸進去的手大得多，所以想抽都抽不出來。猴子不懂得放開手掌裡的花生米，結果就被抓到了。所以它又可以拿來當陷阱。它有個名稱叫「貪仔」。說得也對，猴子如果不貪的話，也就不會被抓了。

最後來介紹個妙招，這也和匏仔有關。前面已經介紹過「匏杓」這種水瓢。那麼在製作這個水瓢剖開之前，把鋸口移偏一些，鋸開時的兩半；一半是三分之二，一半是三分之一。留下三分之二這一半，一樣把籽掏乾淨，前面眼睛要看的地方挖兩個洞，然後做成一頂類似安全帽的東西。沒錯，它是當帽子戴，但那可不能當安全帽用。那它戴在頭上做什麼呢？每當渡鳥過境，水裡有很多水鴨，以前的人捕捉野鳥是天經地義的事，他們想盡辦法捉水鴨，穿戴著匏仔殼捉水鴨，是絕妙的一招。怎麼妙法呢？

當水鴨成群在水裡時，抓水鴨的人就戴上匏仔殼，腰纏腳踏車的內胎當腰帶，從上游，或是遠離水鴨的地方下水，然後立泳慢慢靠近水鴨，在水面上水鴨以為只是一堆東西流過來，不當一回事。這位戴匏仔殼偽裝的農夫，移近鴨群，靜止一會，看準在水裡停止沒划的腳，迅速伸手一抓，把水鴨拖入水裡。水鴨一被拉到水裡，叫也叫不成，就這樣，一隻一隻被拉到水裡，然後把牠們的脖子塞到腰帶。抓得差不多了，也就是說腰帶再也塞不進來了，這個人又悄悄地游走，到不驚擾水鴨的地方才出水。據說通常這樣一次，可以抓到一、二十隻水鴨。

生活經驗給人知識。經驗的生活知識給人智慧。

原載一九九五年九月《皇冠》第四九九期

絲瓜花

呷柚仔放蝦米

就從謎語來看，今天的工商社會和昨日的農業社會比起來，謎語的內容已經大大的不同，數目也比過去少了許多。少得幾乎不見了。不過今天倒是多了一項過去所沒有的「腦筋急轉彎」。

過去的謎語和俗諺一樣，差不多每位大人都懂，只有小孩子常被大人拿來考一考，表示大人還是比小孩子厲害。今天的「腦筋急轉彎」剛好相反；是小孩子從《腦筋急轉彎》的小冊子，記一些題來考大人。例如：什麼山不能爬？大人被問得忙著從世界地理找答案，結果你怎麼說都不對，除非你的答案是孫中山、李茂山。這樣一直被問下來，信心都沒了，大人只有在小孩子的面前「遜斃」。

時代不同了。時代雖然不同，柚子這樣的水果還存在。那麼有關它的謎語，應該還可以拿出來考一考小孩，當著我們大人被「腦筋急轉彎」考得遜斃的絕地大反擊吧。大人找小孩子來，出個題說：

「青布包白布，白布包柴梳。猜一種水果。」

柚子

青布、白布這小孩子都知道。柴梳這種東西，不要說現在的小孩子沒看過，聽也沒聽說過。所以這樣的謎面，對他們來說，條件不夠；是出題的人有問題。當然他說不上柚子。這還算是簡單。換個別的來說：

「紅雞籠（guē・ēam），鐵雞蓋，借你摸，呣嗵（mîāng）拍破。猜一種水果。」

「風吹日曝（pák），樹仔頂拍碌礴（lák ták）。一樣猜水果一種。」

這裡面如果不懂「雞籠」、「碌礴」是什麼，樣子都沒看過，當然就猜不出柿子和楊桃。過去的謎語，謎面裡頭提及的東西的名字和形狀，在一般平時的生活中，自然就會聽過和見過，甚至於用過。然而，現在的生活變了，這些舊有的東西，也隨著時代走了。現在的小孩子的生活中，看不見這些東西，所以他不會有舊社會的生活知識，當然就猜不出過去的謎題。大人最好不要拿過去的謎題去惹他們。要不然，小孩子又來一個腦筋急轉彎，我們的腦筋就卡住了。不信請試答下一題：

「狗為什麼會死在沙漠裡？」

大人的答案是：渴死。餓死。太陽曬死……。都不對。正確的答案是憋尿憋死。因為沙漠裡沒有電線桿。

怎麼樣？時代不同吧！今天沒人用「柴梳」了，如果柚子要成謎語，得另外再創。但是，今天好像不興猜謎了，很可惜，這裡有一個現代謎語：

「一個物仔（bbnih）四四角角，你講盒仔，我講頭殼。」我說是「電腦」，你以為呢？

話扯得偏離主題了。我們要談的是柚子。一提到柚子，一般人順口一說，就說出「麻豆文旦」。由於柚子在中秋節和月餅一樣，都是應景的東西，並且當時麻豆出產的文旦柚，確實是米嫩汁多，香甜可口，名聲一上媒體，一發不可收拾，其他上不了媒體的柚種，就被人遺忘了。臺灣還有斗柚。形狀接近以前量米的米斗。比文旦大很多，但是皮厚，柚米比較乾，味道酸澀。有時候也會碰到好吃的。斗柚還可以分兩種；紅米的叫紅柚，白米的叫白柚。斗柚大，它的皮常被小孩子拿來當帽子戴著玩，也可以穿上鹹草，做成日本木屐讓小小孩穿。

另外，斗柚的皮，好像比肉更有用，它除了可以讓小孩子玩以外，還可以煮糖加上朱膏做色料，成為一種好吃的蜜餞。在藥用上，它也插一腳，那就是把完好的柚皮當成罐，掏空裡面的肉，填滿藥草後緊緊用麻繩綑綁，然後掛在灶頭的煙囪，讓它慢慢焙乾。柚子縮小，繩子鬆了就重新綁緊再焙，最後會縮成拳頭大小時就完成了。要用的時候，用刀子削成末，泡茶飲用。這種柚仔米茶，聽說是治療消化系統的疾病。

以前沒什麼好吃的東西，柚子出產的時候，小孩子不懂節制，猛吃柚子，特別是人多，一起吃起來，呑都來不及哪裡還嚼。所以大便一拉出來，還可以看到柚仔米，一粒一粒的像蝦米。臺灣有一句俗諺唱：

「呷芭樂放槍子。呷柚仔放蝦米。呷鹹菜放大旗。呷龍眼放木耳。」

這句俗諺相當傳神的，把消化不良形象化了。真的，以前小孩子吃多了狗屎拔桲仔（芭樂），大便都乾硬得拉不出來，母親還一邊用鐵線做的菜脯勾仔替他掏，一邊罵哪。如果拉得出來，圓圓掉在硬地上，還會咔啦一聲，像子彈那麼硬。

吃柚子撐壞肚子，拉出來的是蝦米。吃鹹菜用呑的話，拉出來是葉片，一片一片像大旗。龍眼吃多了，拉出來的就像木耳。

這句俗諺今天還是可以用。除了教小孩吃東西要好好嚼爛之外，最後再加上一句，就可以變成多元教育。不相信你唸看看（用閩南語）：

「吃拔楟仔（芭樂）放槍子。吃柚仔放蝦米。吃鹹菜放大旗。吃龍眼放木耳。吃安非他命（國語）你會死。」

原載一九九五年十月《皇冠》第五〇〇期

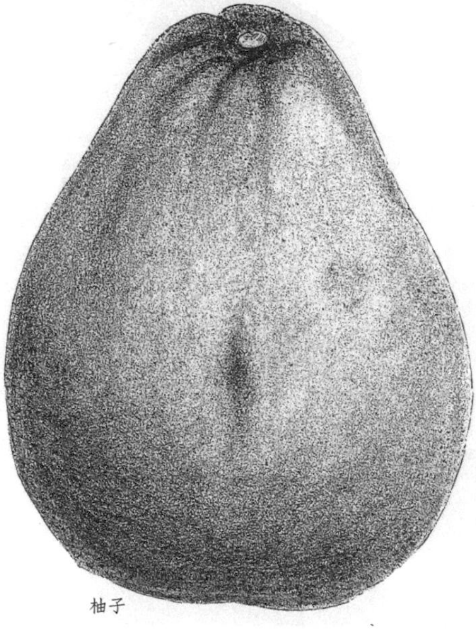
柚子

好彩頭

在我們臺灣，菜頭（蘿蔔）不只可以用種種方法做菜來吃，它還可以拿來當祝賀的吉利禮物。

第三屆立委選舉，好多大官賢達，跑遍臺灣、澎湖、金馬，到候選人的競選總部造勢助選時，送一只肥胖的白蘿蔔給候選人，當著祝賀禮物的情形，在那一陣子的電視新聞節目裡，是大家最熟悉的鏡頭畫面。

做什麼事情，事先都想討個吉利，這是講究形式，死愛面子的文化所發展出來的習俗。這個習俗非比其他的各種習俗，例如纏小腳、養女或是有些迷信，它都隨時代被淘汰了。惟獨這種極端的形式主義，卻和封建、鄉愿、官僚一樣，根深柢固得很。革命也

蘿蔔葉

革不了它。

蘿蔔閩南話叫「菜頭」，與「彩頭」諧音。所以找一條端正白胖的菜頭，叫「好彩頭」。意思是說好的開始，是成功的一半。如果有人唸錯也沒關係，在討吉利的習俗上，反而更吉利。把「好彩頭」唸成「好頭彩」，更帥，是中頭獎的意思。就像我們過年，把「春」字倒過來貼，意思就更上一層，「春到」了。最先是不識字的人貼錯了，貼倒了，經人指正，還說是故意的。這不但叫人欽佩，還挽回了面子。

第三屆立委的選舉揭曉了，結果倒不是所有拿到白胖的「菜頭」賀禮的候選人都上榜。不知道那些落選的候選人，拿到的菜頭是否有問題?菜頭和人一樣，不可貌相。有的菜頭外表看起來，白胖可愛，嬌嫩欲滴，切開來有黑心的，有冇心的。

其實菜頭的好壞是可以鑑別的。一般常到菜市場買菜的媽媽，她們買菜頭時，會把菜頭拿在手上掂一掂。直覺得大小和該有的重量差不多、最好覺得更沉一點的。接著再來就是用手指彈彈看，如果聲音是脆而扎實的，這就表示水分夠，肉均勻而結實。這樣的菜頭，隨廚房怎麼料理都好吃，特別有一種恬淡的菜甜味。選來當吉利的「好彩頭」，也更為實質吧。

在臺灣，差不多四十歲以上的人，對菜頭醃漬成的菜脯（蘿蔔乾），一定有一份特別而豐富的記憶。菜脯讓這些人想到祖母，想到冬天的陽光，想到曬菜脯時，大的用竹籮筐，小的連鍋蓋或長板凳，都搬出來披菜頭曬太陽。同時也讓人想到隨風飄在空氣中的那股香味。還想到打開飯包的那兩片菜脯根仔。想到鹽。想到空酒瓶。想到小孩子，因為幫忙踏菜脯，那小小的腳丫，顯出不曾有過的乾淨和紅潤等等。好多好多的生活面貌，都可以由菜脯勾引出來，成為一個時代的記憶。

有一則很有代表性的真實笑話；就在菜脯很普遍的年代，幾乎每一家都會在同一個時節曬菜脯。有一位媽媽半夜裡，透過蚊帳，看到起來上廁所的孩子，經過披有還沒成品的菜脯的籮筐時，隨手拿了一塊，放在嘴裡吃。媽媽罵著說：

「死囝仔哩啊，菜脯鹹剁剁也提來呷迌迌。」停了一停，「拿一塊來給阿母呷看。」

意思是說你這死孩子，蘿蔔乾那麼鹹，你也拿來吃著玩。罵完，接著說，也拿一塊

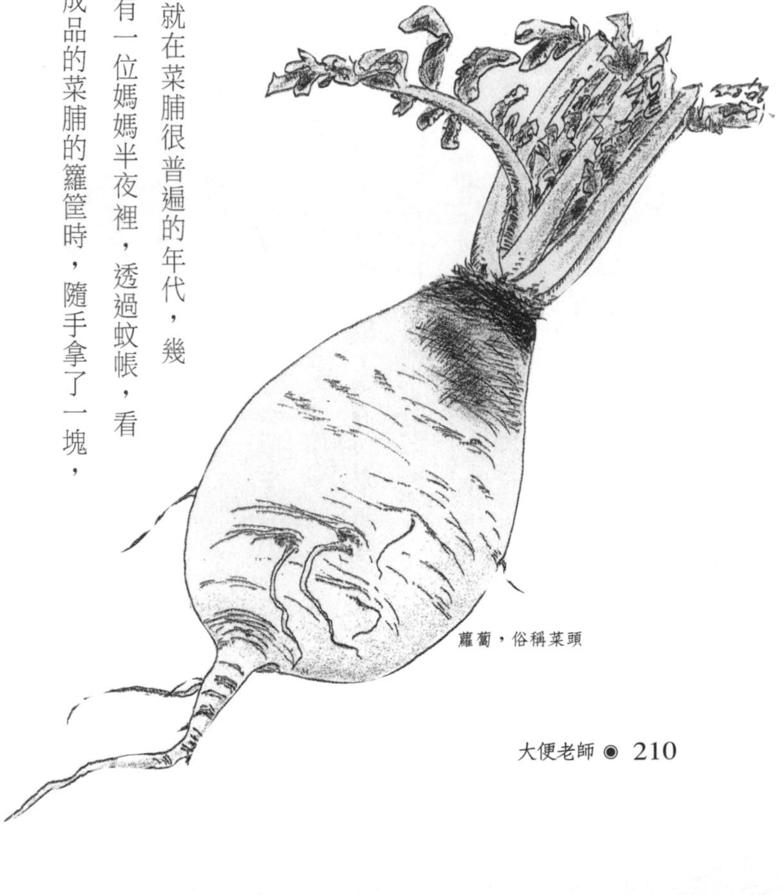

蘿蔔，俗稱菜頭

過來讓媽媽吃吃看。

菜脯這種東西，在那個時代是因為窮，不得已才吃，天天吃，三餐吃，吃到連放屁都有菜脯的味道。像在外頭吃家人準備的飯包，蓋子一打開就看到菜脯，不想吃，但是吃起來卻很下飯，吃到連便當盒回家都不用洗那麼乾淨。

度過菜脯陪他們長大的老人家，有一次年輕人帶他到臺北的清粥館消夜。經年輕人介紹其中的一道菜是菜脯卵時，他顯得有點坐立不安，心想菜脯卵怎麼上這麼豪華的餐館？一問起價錢，聽說是上百元以上。他連連說了幾聲，「瘋了，瘋了。」年輕人還打趣說：

「阿公，你們以前多好啊，天天有菜脯吃。」全桌大小都笑起來。老人家也放鬆了。他開始笑著說：「說得也是，說得也是。」

今日臺灣的富裕，是不是在那長時期窮苦的日子裡，常吃好菜頭致蔭的吧。

原載一九九六年三月《皇冠》第五〇五期

只問耕耘，不問收穫

以前，屏東師範的三動，在全臺灣是頂有名的；體育活動、軍訓活動還有生產勞動。所謂的生產勞動，就是種菜。全校不管男生女生，每個人都可以分到一塊地種菜，並且把成果列入成績。

學生一下課，十分鐘也不放過，去拔草的去拔草，去藏尿桶的去藏尿桶；尿桶不藏，很不容易輪到。輪到了，廁所裡的坑，常常見底。有幾個男生，就因為替女生挑大便，才交到她們，有幾個還結了婚。同學間笑著說，肥水之戀，肥水之戰；也有一對離了婚了。

那時我也有一塊菜畦，我不但跟別人一樣，還比別人認真。不過這很不像我。他們說。最不聽學校的話的人，竟然對種菜這麼認真？又不淌肥水之戀？同學實在搞不懂。

後來他們就懂了，又覺得很像我了。

我不想跟別人一樣，這是我當時存在的哲學。別人種菜，為什麼我要種菜？隨便找一種野草來種也可以啊。我心裡這麼想，也真的這麼去做了。我到野地裡找了五、六十棵白花霍香薊的幼苗，整整齊齊地種了，就像種菜那樣對待霍香薊（又名大正草或苦草仔）。我想全世界的霍香薊，沒有我這五、六十棵的命好。它們在野地裡，只有自生自滅。如果長在人家的農田菜園，只有讓人連根拔起，曬乾了，和其他雜草一併燒光。哪有讓人照顧的份？還好它們的神經和情緒，沒發達到可以感到受寵若驚，不然的話，一定驚死了。我種的這一畦霍香薊，見不到其他的雜草，見不到其他的菜種；我每天去照顧它，不管毛坑裡的水肥如何缺貨，我沒讓它們挨餓，該要澆水，我沒讓它們渴過。因此它們長得比野地裡的霍香薊壯得多，青綠得多，如果它是莖葉可食的青菜的話，可以說是肥美得很。但做為野草的霍香薊來看，已經有點不像。野草該有的蒼勁，好像沒了。沒關係，這不是我所關心的。我關心的是，老師要怎麼對待我這一件努力。

事情有點意外，老師還沒來打分數之前，張校長先來看學生的菜園了。聽說他看到我的菜畦時，愣在那裡哭笑不得。同學們看了他當時的神情，都笑起來了。張校長有點慌張地笑著向同學說：「等一等，你們先不要告訴我這是誰的菜畦。我來猜猜看。是黃春明的吧。」同學是在室外的菜園，所以要說哄園大笑。張校長叫班長找我到校長室去一趟。

原來我只想跟老師開開玩笑，這下子是校長，他又是最重視三動的人；因為他，屏東師範的三動才有名起來的。到了校長室門口，才在猶豫的時候，就聽到他響亮的聲音叫我。我記不得是怎麼走進去的，他一看到我就搖搖頭嘆口氣說：「我真為你惋惜。」停了一下，「真為你惋惜。你讀了三個師範還覺得不夠嗎？」憑良心說，張效良校長是我所經過的校長裡面，最關心我的校長。記得從臺南師範轉到屏東師範的時候，我拿了朱匯森校長的信給他，他看完了信，問我說：

「黃春明啊，屏東再下去是什麼地方？」

我慌裡慌張想了想：「巴士海峽。」

「不錯嘛。你對臺灣的地理還有一點概念。巴士海峽可沒有師範學校，好好在這裡讀完師範吧。」

從此之後，張校長特別關照我，他竟然還邀請我這個五個學校的流學生到他家吃飯，讓我認識他家的小孩乃屏和乃東。

當張校長沉重地說為我惋惜時，我心裡害怕起來，突然覺得孤獨。因為如果我再被退學的話，我會不敢回家，也不知道要到哪裡。好在校長還想聽聽我怎麼說。

我說我們老師說，要我們好好種菜，說我們種不過農夫沒關係，只問耕耘，不問收

霍香薊

穫。我心裡想既然叫生產勞動，就應該以生產為目的，為什麼不問收穫？要是不問收穫，我種草也一樣。

我的理由張校長認為不重要，那只是小聰明而已，重要的是我的態度，還有惡作劇的心態，故意跟老師作對，要不得云云。他要我去向導師道歉。結果更意外的是，我去找趙導師，他說他早就看到，並且看到我把草種得那麼美，心裡想一定有我的原因。才想要找時間稱讚我哪。他說：

「其實，我們現在的菜啦，花卉啦，以前都是野生的東西。你說你種的那叫什麼草？」

「霍香薊。」

「多好聽的名字。說不定霍香薊以後也可以成為園藝裡面的觀賞草類哪。」

我想我再怎麼聰明能幹，就像孫悟空吧，我的張校長和趙老師，他們就像如來啊。

原載一九九五年六月《皇冠》第四九六期

又見山茼蒿

某老先生，且就叫陳炎生吧。他老人家八十九歲生日，家人沒替他過，九十大壽當然不能放過。

原因是臺灣民間的習俗，有這樣的禁忌；認為九字對男人不祥，男人的生日，歲數見九不做，不提。如果被問到的話，少說一歲，或多說一歲。例如三十九歲的男人，老人家一定會叮嚀，要他說三十八，要不然就說是四十。

早前的人，他們說九字的閩南話，說起來跟「狗」字的發音一樣。歹狗，意思壞狗。特別是四十歲以後的九，更令人在意。四十九（四九）與閩南話的「死狗」諧音，所以忌說四十九。八十九帶九，見九不過生日。

今天的臺灣，對一般人來說，食衣住行不缺，吃豬腳麵線、紅蛋、麵龜壽桃過生日，早已成為形式，重要的是親戚朋友，誠摯的祝福。炎生老先生子女多人居住國外，早幾年前的生日，只要他身體硬朗，在國外的子女就邀他出國觀光祝壽。這可比穿新衣戴新帽、吃豬腳麵線過生日來得實際。以他的歲數來說，美國、加拿大、日本還有歐洲也都去過，這不能不說他好福氣。三年前老伴早走一步，接著身心乏力不振，不便遠行，才沒再出國，去外國籍的孫子輩叫他「牛羼包」（Grand=Pa）；「牛羼包」雖沒有叫「阿公」來得貼切，好玩得多了，聽他一百次就笑一百次，老人家還是樂得很。

九十大壽，他身體硬朗不起來了，住日本的女兒要他去日本過生日。但是他這次卻說：「我活這麼老了，連臺灣都沒走透，不，不去日本了。」其實對子女來說，招待長輩到國外，比招待在臺灣方便；到國外一下飛機，踏上外國，覺得什麼都是第一次，什麼都新，有看頭，有得玩。在臺灣很難這麼容易讓被招待的人滿足。好在二、三十歲的孫子輩裡，有人剛好有時間，帶阿公去做三夜四日遊臺灣。

兩個孫子和一個孫媳婦，再加兩個幼稚園的曾孫，陪陳老先生遊臺灣過生日；有人警告他，可不要跟那些老人班的友人提起哪。這不但會羨煞了別的老人，也會叫他們鬱卒害病。一部福斯麥克巴士九人車，載他們六個人，好不寬敞。

第二天晚上，他們在懇丁南灣的一家海鮮店用餐。除了鮮活魚蝦之外，根據長孫前不久的經驗，向老闆點了一道野菜，老闆還笑著為他們慶幸，說只剩下一份。菜還沒上

山茼蒿 Apr-15-95

桌之前，長孫說起野菜這一道山珍，連吞了幾口口水，害得聽的人，也只好陪他吞口水等待。不一下子，最先上桌的就是大家期待的野菜。但是看樣子並沒引起多大的驚喜，大家半信半疑的動了筷子，將野菜送進口裡的年輕人，眼睛一亮，讚不絕口。等他們已經舉筷，準備第二波出擊時，陳老先生的慢動作，才夾菜停在嘴邊，用眼睛還沒端詳出名堂，鼻子先聞到一股菊花的辛味。「山茼蒿」（Snuādonghō）老人家順口就說出名字。年輕人驚訝老人家的在行。「哇！阿公真行。他一猜就猜中了。」老人家笑了，他在懷疑，這種東西會好吃嗎？這時，一段記憶，就像桌上的魚蝦，剛剛還在水族箱裡優游一般，浮現在腦海裡。

「炎生仔，快，你乖，你再去摘。」

八歲的炎生心裡很不願意。

「快啊，你不去摘，晚上大家要吃什麼？真乖，快。」

不管他有多不願，母親的央求還是說動了他。但是他一到外面，聽不到母親央求的聲音時，不願意又回到心頭。這些天來，打嗝放屁，都是一樣的菊花味。他在外頭晃一回，回到家垂頭站在門檻上，像一隻待罪的羔羊。

「呀！你這個孩子，說不變，教你戶模（hoôding）不能站你不聽，以後想當乞丐不成？」母親看到小孩子下了門檻。「山茼蒿呢？」

炎生撒了睜眼說瞎話的謊，屋前屋後都是山茼蒿，他卻說：「沒有山茼蒿了。」

生氣的母親，抓起炎生一頓痛打。但是母親嘴唸的是：「你這個死囝教不變，教你戶樸不可以站，你偏不聽。你是不是以後想當乞丐……」有關於山茼蒿的事她一字不提，最後母親傷心地哭起來了。炎生還以為他以後一定會變成乞丐，不然母親怎麼那麼傷心。

萬萬沒想到，九十歲的生日會遇見山茼蒿，讓他想起八十多年前，那一位巧婦難為無米之炊的母親。好在長孫他們都知道，老人家遇到難過的事不哭，好笑的事，讓他笑得淚滾滾。他夾著山茼蒿，覺得荒謬得讓他笑，想起母親卻老淚滾動。

年輕人見了阿公的神情說：「對吧，很好吃很好玩吧。」

原載一九九五年五月《皇冠》第四九五期

粿仔葉

臺灣到處都是廟宇，供奉的神明菩薩種類多，他們除了人模人樣的神，還有狗、牛、蛇、大樹，連石頭都有。幾乎天天都有不同的神明菩薩過聖誕；鄉下人管這日子叫「神明生」。另外再加上平時老百姓向神明祈求平安的，天天都有人還願答謝。拜拜時，老百姓都得備辦三牲酒禮、鮮花素果、金銀炮燭。如果是唸佛的人，就不拜三牲。有的人沒準備鮮花素果。有的人忌燒金銀炮燭。但是，有一樣東西不能免，那就是紅龜粿。有龜紋的紅色粿，是給神明菩薩祝壽添壽的，所以不能免。可見每一年做來敬神拜佛的紅龜粿，需要量是很大的。

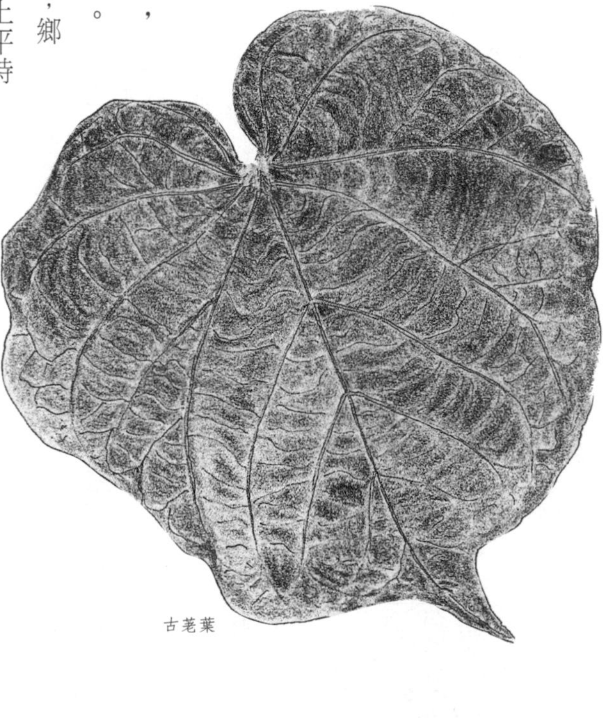

古茗葉

這還不打緊，民間做大壽也要拜紅龜粿。

可是每一塊紅龜粿，都得要一張比粿子還大的青葉子來墊底，這葉子叫「粿仔葉」。它的需要量，不但要比紅龜粿多，還有其他的粿類，如「烏草仔粿」、「包仔粿」等等，也需要粿仔葉。這些墊底的粿葉仔，通常有三種：一、古茗仔葉。二、芎蕉（香蕉）葉。三、蓮蕉葉。另外，還有一種粿葉仔，它不是拿來墊底，而是拿來包粿的。通常都用包粽子的麻竹葉來包。

一般人如何去選定用什麼葉子當粿葉仔呢？其實這沒有什麼規定。看居住的地方，有什麼粿葉仔，就取什麼葉子，就地取材就對了。如果附近有蓮蕉，就割蓮蕉，沒有蓮蕉，米蕉也可以。其實，米蕉仔比較普遍，它有野生的。蓮蕉又叫美人蕉，它是栽種的花卉，花大色樣多，有大紅、粉紅、黃、滾邊、乳白、雀斑等等。米蕉花小，只有紅、黃兩顏色。當然，像是海邊的漁村，古茗樹多，就摘古茗葉當粿葉仔。自家種有香蕉，就割香蕉葉。

為什麼只有這三到四種的葉子才可以做粿葉仔呢？其實，一定還有其他的葉子也可以用。但是要做粿葉仔的條件，根據老百姓的經驗；一、葉面要寬大。二、有韌性，不易破，禁得起蒸。三、沒有怪味。如有輔助作用的香味更好。香蕉葉有此作用。四、方便採集。五、無毒害。例如姑婆葉，葉面大，禁得起蒸，採集方便，但是它有怪味，並且它的汁澀，吃到嘴裡嘴巴會癢。月桃也一樣，它有很強的辛辣味。

自從前人用慣了古著仔葉、蓮蕉葉、芎蕉葉和竹子葉之後，在需求上一直不缺，所以也就不用去嘗試其他種的葉子。不過常常有人叫小孩子去摘古著仔葉，小孩子不懂，把青桐的葉子當著古著仔葉。這兩種葉子的模樣很相像，一個是心形、一個是盾形。有時小孩搞錯了，大人還是照用，只是青桐的葉子比較脆，還帶有一點點的青生味。

以前的粿，大部分是自家做的。現在是用買的比較多。所以大量生產的粿攤子，找不到大量的古著仔葉、芎蕉、蓮蕉當粿葉仔，只好用塑膠膜來取代。稍上了年紀的人，看了這種紅龜粿，連食慾都沒了。這到底是誰的錯？

原載一九九六年四月《皇冠》第五〇六期

美人蕉

新娘的花冠

小時候，幾個小孩子聚在一起玩家家酒；當時我們閩南話叫「辦家伙仔」。時間是什麼時候已經記不清了，但是我可以確定，那不是那一年的春天，即是那一年的秋天，因為酢漿草的小紅花是開在春天和秋天的。那一次扮演新娘子的阿子，她頭上戴的那一頂花冠，就是我們幾個小孩子用月桃葉編的，上面綴滿了滿滿的桃花色的酢漿花。所以我才敢確定，那一年的「囍宴」不是夏天，也不在冬天。

當時的新娘子阿子才七歲，她戴上這樣的一頂花冠，除了仍然可愛，那不曾有過的優雅和美麗的神情，讓我們幾個還流鼻涕的小孩見了她，一下子也跟她長大了幾歲。

酢漿草在臺灣的草地上、籬笆邊、屋簷下隨處可見，它喜歡春天和秋天的涼爽。今年秋天，我們家門口的堤防上，酢漿草又心花怒放了，開花了。那叫人憐愛的小花，雖然經過翻了再翻的數不清的歲月，卻不見胭脂褪色。當時扮演新娘子的阿子，已經當了好幾任的阿媽了。堤防上的酢漿花迎著風，忙著向從身邊走過的小孩子招手，但是，小孩子們連看都不看一眼，更像一陣風呼嘯而去遠了。

原載一九九五年二月《皇冠》第四九二期

酢漿草花

聯合文叢◎黃春明作品集⑧ 450

大便老師

作　　者／黃春明
發 行 人／張寶琴

總 編 輯／李進文
責任編輯／黃榮慶
資深美編／戴榮芝
封面題字／董陽孜
封面撕畫／黃春明
內頁圖片／黃春明
篇章頁視覺／黃國珍
特約美編／林佳瑩　曾綺惠
專案編輯／陳維信　張晶惠　蔡佩錦　李香儀
協力編輯／李幸娟　梁峻瑾
校　　對／李幸娟　陳維信　李香儀　張晶惠　蔡佩錦
業務部總經理／李文吉
行銷企畫／李嘉嘉
財 務 部／趙玉瑩　韋秀英
人事行政組／李懷瑩
版權管理／黃榮慶

法律顧問／理律法律事務所
陳長文律師、蔣大中律師

出 版 者／聯合文學出版社股份有限公司
地　　址／(110)臺北市基隆路一段178號10樓
電　　話／(02)27666759轉5107
傳　　真／(02)27567914
郵撥帳號／17623526 聯合文學出版社股份有限公司
登 記 證／行政院新聞局局版臺業字第6109號
網　　址／http://unitas.udngroup.com.tw
E-mail:unitas@udngroup.com.tw

印 刷 廠／鴻霖印刷傳媒股份有限公司
總 經 銷／聯合發行股份有限公司
地　　址／(231)新北市新店區寶橋路235巷6弄6號2樓
電　　話／(02)29178022

出版日期／2009年 5月　初版
2016年10月12日　初版七刷第一次
定　　價／320元

ISBN 978-957-522-836-1（精裝）

國家圖書館出版品預行編目資料

大便老師／黃春明著. --
初版. -- 臺北市 ：聯合文學. 2009.05
232面：14.8×21公分. --
（聯合文叢 450；黃春明作品集 8）

ISBN 978-957-522-836-1（精裝）

855 98006293

黃春明作品集

08